말괄량이 길들이기
The Taming of the Shrew

William Shakespeare

••• The Taming of the Shrew •••

말괄량이 길들이기

윌리엄 셰익스피어 지음 · 정유선 옮김

RAINBOW PUBLIC BOOKS

차 례

등장인물

서 막

크리스토퍼 슬라이
빈털터리 주정뱅이

술집 여주인

영주

사냥꾼들

하인들

배우들

시동

본 극

루첸티오
빈첸티오의 아들, 비앙카의 구혼자

트라니오
루첸티오의 하인

비온델로
루첸티오의 하인

빈첸티오

피사의 거장, 루첸티오의 아버지

밥티스타 미놀라

파도바의 갑부, 카타리나와 비앙카의 아버지

카타리나

밥티스타의 큰딸

비앙카

밥티스타의 작은딸

그레미오

반백의 노인, 비앙카의 구혼자

호르텐시오

페트루키오의 친구, 비앙카의 구혼자

페트루키오

베로나의 신사, 카타리나의 구혼자

그루미오

페트루키오의 하인

커티스

페트루키오의 하인, 그루미오의 동료

상인

만토바 출신

재단사

과부

서막

서막 1장

『어느 마을의 술집 앞』

(거지꼴의 크리스토퍼 슬라이가
술집 여주인에게 내쫓기며 등장한다)

슬라이

이 할망구, 절대 가만두지 않을 거야.

술집 여주인

주리를 틀어도 시원찮을 불한당 같은 놈아!

슬라이

못나빠진 할망구 주제에,

슬라이 집안에 불한당이 어디 있다고 그래!

내 족보를 한번 봐.

우린 정복왕 리처드*와 함께 이 나라로 건너왔어.

그러니까 닥치라고.   * 윌리엄을 착각함.

세상일이야 내 알 바 아니니 그만 좀 떠들어대!

술집여주인

네 놈이 깨뜨린 술잔들 안 물어내?

슬라이

그래, 한 푼도 못 줘.

그만 좀 떠들어. 난 침대에서 몸이나 녹여야겠으니.

(비틀거리다 바닥에 드러눕는다)

술집 여주인

내가 가만히 있을 줄 알아!

당장 순경을 불러와야겠어.

(퇴장한다)

슬라이

그깟 순경, 아니 순경 할아비라도 어디 데려와 보라지.

난 법대로 할 테니까.

여기서 꼼짝도 안 할 테니 얼마든지 와보라고 해.

(잠이 든다)

(무대 안쪽에서 나팔 소리가 울린다.

사냥 나갔던 영주가 사냥꾼들과 하인들을 이끌고 등장한다)

영주

사냥꾼들은 들어라.

너희는 사냥개들을 잘 돌봐야 한다.

메리먼은 숨 좀 돌리게 해라.

불쌍한 녀석, 아주 녹초가 됐구나.

클라우더는 컹컹 잘 짖는 암캐와 같이 두어라.

그나저나 너희들도 실버를 보았느냐?

그 녀석은 울타리 끝에서 놓친 사냥감 냄새를

기막히게 찾아내더구나.

이십 파운드를 준대도 그 녀석과 바꾸지 않을 거야.

사냥꾼 1

영주님, 벨먼도 그 녀석만큼 뛰어납니다.

사냥감 냄새가 사라지자마자 바로 알고 짖어대던걸요.

오늘도 거의 놓칠 뻔한 사냥감 냄새를

두 번이나 찾아냈습니다.

절 믿어보세요. 분명 그 녀석이 더 낫습니다.

영주

어리석은 소릴 하는구나.

만일 에코가 그렇게 빨리 뛰기만 한다면

그 녀석보다 열 배는 더 가치 있을 거야.

어쨌든 녀석들을 잘 먹이고, 제대로 돌보아라.

내일도 사냥을 나갈 생각이니.

사냥꾼 1

분부대로 하겠습니다.

(퇴장한다)

영주

(슬라이를 발견하고) 저건 뭐냐?

송장이냐, 고주망태냐?

저 자가 숨은 쉬는지 확인해보아라.

사냥꾼 2

숨은 붙어있습니다.

술기운으로 몸에서 열이 나지 않았다면

이렇게 찬 바닥에서 저렇게 곯아떨어지진 못했을 겁니다.

영주

추한 짐승 같은 놈,

자빠져 자는 꼬락서니가 꼭 돼지 같구나!

죽은 듯이 자는 꼴이 더럽고 역겨우니

섬뜩한 죽음이 따로 없다.

이보게들, 이 술주정뱅이한테 장난 좀 치려는데

자네들 생각은 어떤가?

이 자를 침대로 옮겨 향기로운 옷을 입히고,

손가락엔 반지도 몇 개 끼워주는 거야.

주정뱅이가 깨어났을 때

침대맡에 진수성찬이 차려져 있고,

멋지게 빼입은 하인들이 옆에 대령하고 있으면

제 처지가 헷갈리지 않겠나?

사냥꾼 3

분명 속지 않고는 못 배길 겁니다.

사냥꾼 2

잠에서 깨면 딴 세상에 있는 기분일 겁니다.

영주

과분한 꿈을 꾸고 있거나

헛된 망상에 빠진 것처럼 어리둥절하겠지.

자, 이 자를 데려가서 제대로 놀려 보아라.

가장 좋은 방으로 조심스럽게 옮기고,

사방에 음탕한 그림들을 걸어두어라.

따뜻한 물로 더러운 머리를 감기고,

향긋한 나무를 태워

그의 처소에서 향기가 나도록 해라.

음악을 준비해두었다 그가 깨거든

감미로운 천상의 소리를 들려주어라.

혹여 이 자가 무슨 말이라도 할라치면

곧장 머리를 조아려라.

몸을 낮춰 공손하게 절하고

"나리, 어떤 분부든 내리십시오."라고 말해야 한다.

자네들 중 한 사람은 장미수를 가득 채운

은빛 대야에 꽃잎을 띄워 대령하고,

또 한 사람은 큰 물병을,

다른 사람은 작은 수건을 준비하도록 해.

그러고서 "나리, 손을 씻으시겠습니까?"라고 묻는 거야.

또 누군가는 값비싼 의복을 준비해두고서

어떤 옷을 입으려는지 물어라.

또 한 사람은 사냥개와 말 이야기를 해주고,

마님께서 나리의 병환 때문에

몹시 슬퍼하신다고 말해라.

이 자가 그동안 제정신이 아니었다고

믿도록 하라는 거다.

만일 이 자가 지금 자기가

제정신이 아닌 것 같다고 말하면,

"나리는 분명 저희 영주님이신데

아직 꿈속에 계신가 봅니다."라고 대꾸해라.

자, 이렇게들 하는 거야.

자연스럽고 공손하게 대해라.

과하지 않게 연기하면

아주 훌륭한 재밋거리가 될 거야.

사냥꾼 3

영주님, 저희 모두 맡은 역할을 제대로 해내겠습니다.

진짜처럼 연기해서 이 자가 저희 말을

고스란히 믿도록 하겠습니다.

영주

그를 조심스럽게 침대로 데려가 눕히고,

깨거든 각자 맡은 역할을 잘하거라.

(사냥꾼들이 슬라이를 옮긴다.

이때 무대 바깥에서 나팔 소리가 들린다)

영주

여봐라, 웬 나팔 소리인지 알아보고 오너라.

(하인 한 사람이 나간다)

영주

아마도 어떤 귀족이 여행하다가

이곳에서 쉬어가려는 모양이군.

(나갔던 하인이 다시 등장한다)

영주

그래, 어찌 된 일이냐? 누가 온 거냐?

하인

배우들인데요, 허락하신다면

영주님 앞에서 연극을 하고 싶답니다.

영주

그들을 이리 데려오너라.

(배우들 등장한다)

영주

어서들 오게.

배우들

영주님, 감사하옵니다.

영주

오늘 밤 내 집에 머무는 게 어떤가?

배우1

영주님을 공경하는 저희 마음을 받아주신다면
기꺼이 그러겠사옵니다.

영주

당연히 그러하지.
이 친구는 내가 기억하네.
전에 농부의 맏아들 역할을 한 적이 있지.
자네가 어떤 귀부인을 향해
능수능란하게 사랑을 구하는 내용이었어.
누구 역할이었는지 이름은 잊었네만,

자넨 그 역할에 제격이었고,

연기도 자연스러웠지.

배우 2

'소토' 역을 말씀하시는 듯하옵니다.

영주

맞아. 자네 연기가 아주 훌륭했어.

그나저나, 자네들 때맞춰 잘 왔네.

내가 마침 어떤 장난을 꾸미고 있단 말이지.

자네들 재주가 아주 큰 도움이 될 걸세.

오늘 밤 자네들 공연을 보실 영주가 한 분 계시네.

그런데 그분의 괴이한 행동을 보고

자네들이 웃음을 터뜨려서

기분을 상하게 할까 봐 걱정이야.

그분은 연극이란 걸 한 번도 본 적이 없으시거든.

부탁이니 웃음을 잘 참아주게.

만일 자네들이 웃으면 그분은 안절부절못하실 거야.

배우1

염려 마십시오.

그분이 세상에서 가장 괴이한 분일지라도

저희는 웃음을 꾹 참을 수 있사옵니다.

영주

(하인에게) 여봐라,

이 사람들을 식당으로 데려가
한 사람도 빠짐없이 극진히 대접하라.
내 집에서 내줄 수 있는 건
부족함 없이 내주어야 한다.

(하인 한 명이 배우들과 퇴장한다)

영주

(하인에게) 너는 시동* 바텔미에게 가서
누가 봐도 귀부인처럼 보이도록
그 애의 옷을 갈아입혀라.
그러고는 주정뱅이가 있는 방에 그 애를 데려다 놓고
'마님'이라고 부르며 굽실거리도록 해라.
나중에 섭섭지 않게 상을 내릴 테니
귀부인이 남편을 섬기듯 참하게 처신해야 한다고 전해라.
그 주정뱅이를 대할 때는 부드럽고 낮은 목소리로
다정하고 정중하게 말해야 한다.
이렇게 말하라고 해라.
"나리, 어떤 분부든 내리세요.
나리의 부인이자 변변찮은 아내인 제가
안사람의 도리를 다하고 부부의 정을
보여드릴 수 있다면 무엇이든 하겠습니다."

* 중세 유럽에서 봉건영
주를 받들고 시중들던
어린아이.

그러고는 다정하게 포옹하며 유혹하듯 입맞춤하고,
그의 가슴에 살포시 머리를 기대며
눈물을 보이라고 해라.
마치 지난 칠 년간 자신이
가난하고 비참한 거지라고 착각하고 있던
고귀한 남편이 건강을 되찾은 모습을 보고
흘리는 기쁨의 눈물인 것처럼.
여자들이야 마음만 먹으면
금방이라도 눈물을 뚝뚝 흘릴 수 있을 테지만,
그 애가 그런 재주가 없어
눈물을 쏟을 수 없다면 양파가 특효일 게다.
손수건에 양파를 싸서 몰래 가져다 두면
잘 울지 않는 사람이라도 눈물이 쏟아질 게야.
되도록 서둘러 움직여라.
곧 다른 지시를 내리겠다.

(하인 한 명이 퇴장한다)

영주

그 시동 아이가 귀부인의 우아한 태도나 목소리,
걸음걸이, 몸짓을 잘 흉내 내리라 믿는다.
그 애가 주정뱅이를 '나리'라고 부르는 걸

얼른 듣고 싶구나!
내 하인들이 웃음을 참아가며
이 무식쟁이에게 굽실대는 꼴은 또 어떻겠어.
가서 그들에게 뒷일을 지시해야겠다.
내가 그 자리에 있어야 웃음이 터져서
일을 그르치는 걸 막을 수 있겠지.

(모두 퇴장한다)

서막 2장

『영주 저택의 호화로운 침실』

(지체 높은 주정뱅이 '크리스토퍼 슬라이'가 등장한다.
의복, 대야와 큰 물병,
그 밖의 비품을 든 하인들이 뒤를 따른다.
하인으로 변장한 영주도 들어온다)

슬라이

부탁이니 싼 맥주 한 잔 주쇼.

하인 1

나리, 셰리주* 한 잔 드릴까요?

* 발효가 끝난 일반 와인에
브랜디를 첨가하여 알코올
도수를 높인 스페인 와인.

하인 2

나리, 설탕에 조린 과일 좀 드릴까요?

하인 3

나리, 오늘은 어떤 옷을 입으시겠습니까?

슬라이

난 크리스토퍼 슬라이요!

나한테 '나리, 나리' 하지 좀 마쇼.

내 평생 셰리주는 구경도 못해본 사람이오.

그리고 설탕에 조린 과일 나부랭이를 주려거든

차라리 소금에 절인 소고기나 주쇼.

어떤 옷을 입을 거냐고 묻지도 말고.

이 몸뚱이가 옷이고,

다리가 양말이고,

발이 곧 신발이니.

아니, 더러 신발이 한 짝만 있거나

발가락이 삐죽 나오는 구멍 난 신발이 있기는 했지.

영주(하인으로 변장)

하느님, 나리의 터무니없는 망상이

사라지게 해주소서!

아, 명망 있는 가문의 영주이시고,

막대한 재물을 지니신 고귀한 분에게

이렇게 천박한 혼령이 깃들다니!

슬라이

뭐요, 날 실성한 사람 취급하는 거요?

내가 버턴 히스에 사는 슬라이 영감의 아들

크리스토퍼 슬라이가 아니라는 말이오?

난 어릴 적부터 행상을 했고,

배운 일이란 게 빗 만드는 일이었소.

다른 일을 찾다가 곰 조련하는 일도 조금 했지만,

지금은 땜장이 일을 하고 있는 슬라이란 말이오.

윈콧 술집의 뚱보 여주인 메리언 해킷에게

나를 아냐고 물어보면 알 거요!

거기에 내 외상 술값이 십사 펜스나 있는데

그 여자가 모르는 일이라고 하면

난 천하제일의 거짓말쟁이일 거요.

아니, 난 미치지 않았다니까.

하인 3

이러시니 마님께서 슬퍼하십니다.

하인 2

이러시니 나리를 섬기는 하인들도 풀이 죽습니다.

영주(하인으로 변장)

나리께서 이러시니 일가친척들이

이 댁에 오시기를 꺼려하는 겁니다.

나리의 괴상한 광기에 놀라서요.

나리, 가문을 생각하시어

놓아버린 예전 생각들을 다시 불러들이시고,

이리 천박하고 저속한 망상은 떨쳐버리세요.

나리의 시중을 들려고 대령하고 있는

저희 하인들을 보세요.
저마다 영주님이 손짓만 하시면
분부를 따르려 기다리고 있습니다.
음악을 들으시겠습니까?
들어보세요,
음악의 신 아폴론이 연주하는 곡입니다.
(음악이 흘러나온다)
나이팅게일 스무 마리가
새장 안에서 노래하고 있습니다.
아니면 주무시겠습니까?
아시리아의 세미라미스 여왕을 위해 준비한
관능적인 침상보다 더 포근하고 향기로운
침상으로 모시겠습니다.
산책을 하고 싶다고 하시면
꽃길을 만들어놓겠습니다.
말을 타시겠습니까?
그러면 황금과 진주로 장식한 안장을 채운
말을 준비하겠습니다.
혹여 매사냥을 하고 싶으십니까?
나리의 매들은 아침을 맞는 종달새보다
더 높이 날아오를 겁니다.
사냥을 하시겠습니까?

사냥개들 짖는 소리가 하늘에 울려 퍼지고

그 메아리가 땅을 뒤흔들 겁니다.

하인 1

사냥개들을 데리고 토끼사냥을

나가시려거든 말씀하십시오.

나리의 사냥개들은 수사슴만큼 날쌔고,

노루보다 날렵합니다.

하인 2

그림을 보시겠습니까?

흐르는 시냇가에 서 있는 미소년 아도니스와

풀숲에 숨어 그를 훔쳐보는

아프로디테 여신의 모습이 담긴

그림을 곧바로 대령하겠습니다.

여신의 숨결에 희롱하듯 움직이는 수풀이

바람과 노니는 듯하답니다.

영주(하인으로 변장)

이오*의 그림은 어떠십니까?

제우스 신이 시녀였던 이오를 속여

붙잡아가는 장면이

마치 실제처럼 생생하게 담겨있습니다.

하인 3

아니면 다프네 그림도 있습니다.

* 그리스 신화에서 제우스 신의 사랑을 받았다가 헤라 여신의 미움을 받고 흰 암소로 변한 여인.

아폴론 신을 피해 가시덤불 숲을 헤매던 다프네가
가시에 다리를 긁혀 피를 흘리자,
아폴론 신이 이 광경을 보고
애달프게 눈물 흘리는 장면을
아주 훌륭하게 표현했습니다.

영주(하인으로 변장)

나리께서는 그 누구도 아닌
바로 저희들 영주님이십니다.
세상의 운이 기울어가는 이런 시기에
누구보다 아름다운 부인을 두셨고요.

하인 1

나리를 위해 흘린 눈물이
마치 심술궂은 시냇물처럼
그 아리따운 얼굴을 덮치기 전까지
마님께서는 세상에서 가장 아름다운 분이셨습니다.
지금도 그 미모를 따를 사람이 없긴 하지만요.

슬라이

그러니까 내가 영주고,
그렇게 아름다운 부인이 있단 말이오?
아니, 내가 지금 꿈을 꾸고 있소?
아니면 이제껏 꿈을 꾼 거요?
아니, 잠을 자고 있는 건 아닌데.

이렇게 보고 듣고 말하고 있으니 그럴 리가 없지.

향긋한 냄새를 맡을 수 있고,

부드러움 감촉도 느껴진단 말이야.

현실에서 내가 정말 영주란 말이지.

땜장이도 아니고,

크리스토퍼 슬라이도 아니라니.

그럼, 부인을 여기 내 눈앞에 모셔오너라.

맥주도 한 잔 더 가져오고.

하인 2

나리, 손을 씻으시겠습니까?

나리께서 정신을 되찾으셔서

저희는 얼마나 기쁜지 모릅니다.

이제야 나리께서 누군지 제대로 아셨습니다!

나리께서는 지난 십오 년 동안 꿈속에 계셨는데

하룻밤 자고 일어난 사람처럼

멀쩡하게 깨어나셨어요.

슬라이

십오 년이라니! 참으로 깊은 잠이었구나.

그러면 그동안 내가 말은 한마디도 하지 않았느냐?

하인 1

나리, 안 하시긴요.

말씀하시긴 하셨는데

아주 얼토당토않은 말씀만 하셨습니다.

이렇게 호화로운 방에 누워계시면서도

술집 여주인에게 문밖으로 쫓겨났다고 하시면서

노발대발하셨어요.

또 그 노파가 마개가 봉해진 술병을 내오지 않고,

막사발 같은 잔에 술을 담아주면서

양을 속였다고 고발하겠다고 하셨어요.

이따금 시슬리 해킷이라는 이름을

부르기도 하셨습니다.

슬라이

아, 술집에서 일하는 처녀 이름이다.

하인 3

저, 나리께서는 그런 술집도

그런 여자도 알지 못하십니다.

스티븐 슬라이와 그리트 마을의 존 냅스 영감,

피터 터프, 헨리 핌퍼넬 등

스무 명도 더 되는 이름을 읊조리셨지만,

이 근방에 그런 사람은 있지도 않고,

봤다는 사람도 없습니다.

슬라이

하느님, 이렇게 병을 싹 고쳐주셔서 감사하옵니다!

아멘!

슬라이

모두 고맙소.

그대들의 충심에 보답하겠소.

(슬라이 부인으로 변장한 시동이

하인들을 거느리고 등장한다)

시동(부인으로 변장)

나리, 좀 어떠세요?

슬라이

잘 먹었더니 아주 좋다.

여기 술과 음식이 충분히 있어서 좋구나.

내 아내는 어디 있느냐?

시동(부인으로 변장)

나리, 저 여기 있습니다.

무슨 분부라도 내리시렵니까?

슬라이

당신이 내 아내라고?

그런데 왜 나를 '여보'라고 부르지 않고

'나리'라고 하는 거요?

하인들이야 '나리'라고 불러야 마땅하지만,
난 당신 서방 아니오?

시동(부인으로 변장)

나리께선 제 남편이자 영주이시고,
또 제 영주이자 남편이십니다.
저는 나리께 오롯이 순종하는 아내고요.

슬라이

잘 알겠소.
(하인을 보며) 내가 이 여인을
뭐라고 불러야 하느냐?

영주(하인으로 변장)

'부인'이라고 부르십니다.

슬라이

'앨리스 부인'이나 '존 부인'처럼 말이냐?

영주(하인으로 변장)

그냥 '부인'이라고 하시면 됩니다.
영주님들은 아내를 그렇게 부르십니다.

슬라이

여보 부인,
저 사람들 말이 내가 꿈을 꾸고 있었다고 하더이다.
십오 년 넘게 잠을 잤다고.

시동(부인으로 변장)

아, 제겐 삼십 년처럼 기나긴 세월이었습니다.

그 세월 내내 소박맞은 여자처럼

독수공방했으니까요.

슬라이

그렇게나 오래, 흠.

여봐라, 하인들은 우리 둘만 놔두고 모두 물러가라.

부인, 얼른 옷을 벗고 침대로 오시지요.

시동(부인으로 변장)

귀하고 존엄하신 나리,

제가 이렇게 간청드립니다.

부디 하루나 이틀 밤만 기다려주세요.

그게 안 된다면 해가 질 때까지만이라도

참아주셨으면 합니다.

의사들이 신신당부했어요.

나리의 병이 도질 위험이 있으니

제가 아직 나리와 한 침대에 들면 안 된다고요.

까닭이 이러하니

나리께서 충분히 이해해주시리라 믿습니다.

슬라이

이 요망한 게 발딱 서서

그리 오래 기다리진 못할 거 같소.

하지만 다시 그런 악몽 속으로 빠지는 건
지긋지긋한 일이오.
그러니 피가 끓고 살이 떨려도 참아야지 어쩌겠소.

(심부름꾼 등장한다)

심부름꾼

극단의 배우들이 나리께서 쾌차하셨다는 소식을 듣고
유쾌한 희극을 한판 벌이러 왔습니다.
의사들도 때마침 그런 공연을 볼 수 있어
잘 됐다고 했답니다.
나리께서 슬픈 것을 너무 많이 보셔서 피가 굳었고,
우울증은 광기를 부추기니
즐거운 연극을 보시는 게 나리께 이롭다고 했답니다.
나리의 기분이 유쾌하고 즐거워지면
천 가지 해를 막아 명도 길어질 거라고요.

슬라이

좋다, 그렇게 하겠다.
배우들에게 한판 벌이라고 해라.

(심부름꾼 퇴장한다)

슬라이

그런데 희극인가 뭔가 하는 건 뭐요?

크리스마스 재담이나 공중제비 묘기 같은 거요?

시동(부인으로 변장)

나리, 아닙니다.

이건 좀 더 재미있는 놀이입니다.

슬라이

그럼 소꿉놀이 같은 거요?

시동(부인으로 변장)

이를테면 옛날이야기 같은 겁니다.

슬라이

흠, 어디 봅시다.

여보 부인, 이리 와서 내 옆에 앉아요.

우리가 다시 젊어질 리는 없으니 세상일은 다 잊읍시다.

(함께 자리에 앉는다)

1막

1막 1장

『(이탈리아) 파도바,
밥티스타 미놀라의 집 근처』

(나팔 소리가 울린다.
루첸티오와 하인 트라니오가 등장한다)

루첸티오

트라니오, 난 오래전부터 인문학의 요람인
멋진 파도바에 꼭 와보고 싶었어.
위대한 이탈리아의 낙원,
풍요로운 롬바르디아에 드디어 도착했구나.
아버지께서 자애로운 마음으로
이 여정을 허락해주시고,
호의를 베풀어 너도 함께 보내주시니
무척이나 든든하다.
넌 내가 믿고 의지할 수 있는 하인이니까.

우린 여기 머물면서 학문을 닦고 교양을 쌓을 거란다.
나는 시민들이 점잖기로 소문난 피사에서 태어났어.
피사는 아버지의 고향이기도 하지.
전 세계를 누비는 거상이신
벤티볼리 가문의 빈첸티오가 내 아버지시잖아.
아버지 덕에 피렌체에서 자란 내가
모두의 기대를 저버리지 않으려면
의로운 행동으로 이 행운을
더욱 돋보이도록 하는 게 맞겠지.
트라니오, 이번에 나는 덕행에 관한
철학을 공부할 거야.
덕을 실천함으로써 얻을 수 있는 행복을
다루는 학문에 전념할 생각이지.
트라니오 생각은 어때?
내가 피사를 떠나 파도바로 온 건
우물 안 개구리 같은 삶에서 벗어나
넓은 세상으로 뛰어들어
학문에 대한 갈증을 풀기 위해서잖아.

트라니오

우리 착한 도련님, 저도 도련님과 같은 마음입니다.
도련님이 매력적인 철학의 매력에 빠져들겠다고
결심하시니 기쁩니다.

다만 도련님, 덕을 실천하고 도덕적 수양에 매진하더라도
금욕주의적인 사람이나
목석같은 사내는 되지 않으셔야 합니다.
절제를 강조하는 아리스토텔레스의 가르침에 푹 빠져서
오비디우스가 읊었던 사랑시를 저버리시면 안 된다고요.
친구분들과 논리학은 그만 논하시고,
그분들과 대화하시면서 수사학을 익히세요.
좀 더 활기찬 삶을 위해 음악과 시를 벗 삼으시고요.
수학과 형이상학 같은 건 구미가 당길 때 배우시면 됩니다.
즐거움이 따르지 않는 공부에서는
어떤 것도 얻을 수 없으니까요.
요컨대 도련님이 가장 좋아하는 걸
공부하시라 이 말씀입니다.

루첸티오

트라니오, 고마워.
아주 좋은 충고구나.
만일 비온델로가 도착했다면
곧장 숙소를 구하러 갔을 텐데.
파도바에서 지내는 동안 함께할 친구들을
초대하기에 적당한 곳으로 말이야.

(밥티스타와 그의 두 딸, 카타리나와 비앙카가 등장한다.

비앙카의 구혼자인 그레미오 영감과
호르텐시오도 뒤따라 나온다)

루첸티오

그런데 웬 사람들이지?

트라니오

도련님, 우리가 이 도시에 온 걸 환영해주러 나왔나 봐요.

(루첸티오와 트라니오는 한쪽으로 비켜선다)

밥티스타

(그레미오와 호르텐시오에게) 신사 양반들,

소용없으니 그만 조르시오.

내 결심이 얼마나 굳은지 알지 않소.

큰딸을 시집보내기 전에는

누구에게도 작은딸을 주지 않을 거요.

내가 두 분을 잘 알고 또 아끼고 있으니

두 분 가운데 큰딸 카타리나를

마음에 품으신 분이 있으면

당사자가 직접 그 애에게 청혼하시오.

그레미오

차라리 수레에 태워 끌고 다니며

같이 망신을 당하고 말겠소.

큰따님은 너무 벅찬 상대라오.

호르텐시오 씨, 당신은 어떤 아내든 괜찮지 않소?

카타리나

아버지, 제 생각은 안 하시고 남들 편에 서서

저를 웃음거리로 만들고 싶으신 거예요?

호르텐시오

아가씨, 방금 '남 편'이라고 했소?

그게 도대체 무슨 말이오?

아가씨 남편이 되고 싶은 사람이 어디 있다고.

아가씨가 좀 더 온순해지고

상냥한 태도를 보인다면 모를까.

카타리나

정말 웃기시는군요. 댁은 그런 걱정 마세요.

난 결혼할 생각은 눈곱만큼도 없으니까.

그래도 만에 하나 결혼하게 된다면

다리가 셋 달린 걸상으로 남편 머리를 빗겨주고,

피가 날 때까지 얼굴을 할퀴어서

아주 바보로 만들 거예요.

호르텐시오

주여, 모든 마귀로부터 저를 구하소서!

그레미오

주여, 제발 저도 구하소서!

트라니오

쉿, 도련님.

여기서 재미있는 구경거리가 벌어지겠어요.

저 처자는 완전히 미쳤거나

대단한 말괄량이인 모양이에요.

루첸티오

하지만 말 없는 다른 아가씨는

온화하고 얌전해 보여.

쉿, 트라니오.

트라니오

그러게요, 도련님.

아무 말씀 마시고 실컷 훔쳐보세요.

밥티스타

(그레미오와 호르텐시오에게) 신사 양반들,

내가 한 말은 바로 지키겠소.

비앙카, 안으로 들어가라.

어진 딸아, 내 처사를 섭섭해 말거라.

너를 덜 사랑해서 이러는 게 아니란다.

카타리나

우리 예쁜 강아지!

네가 그 까닭을 안다면 울고 싶을걸.

비앙카

언니, 내 불행이 언니의 행복이라면 어쩌겠어.

아버지, 아버지의 뜻에 따르겠어요.

책과 악기를 벗 삼아 열심히 읽고 연습하겠어요.

루첸티오

(트라니오에게) 들었지, 트라니오?

마치 지혜의 여신이 말하고 있는 것 같아.

호르텐시오

밥티스타 어르신, 이리 모질게 하실 필요가 있습니까?

저희의 호감이 비앙카 아가씨에게

오히려 큰 슬픔을 안겨줘서 안타깝습니다.

그레미오

밥티스타 어르신, 왜 못된 큰딸 때문에

작은딸을 집에 가두려 하십니까?

큰딸이 내뱉은 독설의 대가를

왜 작은딸이 치르도록 하세요?

밥티스타

신사 양반들, 이제 그만 하시오.

난 마음을 굳혔습니다.

들어가라, 비앙카.

(비앙카 퇴장한다)

밥티스타

내가 보기에 우리 비앙카는 음악과 악기 연주,

시를 무척 좋아하는 것 같소.

아직 부족한 저 애를 가르칠 가정 교사를 둘까 합니다.

호르텐시오 씨, 그레미오 씨,

적당한 사람을 알고 계시면 추천해주기 바라오.

그 분야에 정통한 분이라면 아주 후하게 대접하겠소.

자식들을 훌륭하게 키우는 데 들어가는 돈은

아끼지 않을 생각이니까요.

그럼 난 이만 가보겠소.

카타리나, 넌 여기 남아도 된다.

난 비앙카와 좀 더 할 얘기가 있단다.

(퇴장한다)

카타리나

왜 나만 여기 남으라고 하시는 거야?

내가 낄 때 안 낄 때도 모를까 봐 그러시나?

오고 가는 건 내 맘대로 할 거야, 흥!

(퇴장한다)

그레미오

악마보다 더 고약하다는 그 어미한테나 가봐라!

저렇게 성질 고약한 여자를 누가 붙잡겠어.

호르텐시오 씨, 우리가 여인의 사랑에

목을 매진 않더라도

이렇게 마냥 기다릴 순 없는 일이오.

결국 아무런 성과도 없이 물러나게 됐으니

우리 둘 다 틀렸어요.

그럼 잘 가시오.

그렇더라도 사랑하는 비앙카를 위해

그녀가 좋아하는 음악과 시를 가르쳐줄

적당한 이를 찾으면 그 부친에게 추천하겠소.

호르텐시오

그레미오 씨, 저도 그렇게 하겠습니다.

그나저나 우리가 경쟁하는 처지여서

이제껏 무엇을 논의한 적은 없지만,

한 말씀 드리겠습니다.

깊이 생각해보니 방법이 있을 듯합니다.

이건 우리 둘이 힘을 합쳐야 할 문제입니다.

우리가 다시 아름다운 비앙카에게 다가가

그녀의 사랑을 두고 행복하게 경쟁하려면

한 가지 일을 꼭 해내야 합니다.

그레미오

그게 뭐요?

호르텐시오

그녀의 언니에게 남편감을 찾아주는 겁니다.

그레미오

남편이라니? 악마겠지!

호르텐시오

'남편' 말입니다.

그레미오

허허, '악마'겠지.

생각해보시오, 호르텐시오 씨.

장인어른이 아무리 부자라 하더라도

어떤 바보 같은 녀석이

지옥으로 장가들려 하겠소?

호르텐시오

쯧쯧, 그레미오 씨.

비록 우리는 그 말괄량이가

시끄럽게 고함치는 소리를 참기 힘들지만,

세상에는 무던한 남자들도 있는 법이지요.

그런 사람을 찾아 지참금이 두둑하다고 알려주면

모든 결함에도 불구하고

그녀를 아내로 맞이할지도 모르는 일입니다.

그레미오

글쎄, 잘 모르겠군.

나 같으면 그런 조건으로

지참금을 받아들이느니

매일 아침 마을 한복판 사거리에서

채찍질을 당하는 게 낫겠소.

호르텐시오

맞는 말씀입니다.

썩은 사과를 고르는 사람이 어디 있겠어요.

어쨌든 우리가 한배를 탄 동지가 된다면

당분간 서로 도와야 합니다.

밥티스타 어르신의 큰딸에게 남편감을 찾아줘서

작은딸이 자유롭게 남편감을 고를 수 있게 될 때까지요.

그 뒤 다시 경쟁합시다.

아름다운 비앙카,

그대를 얻는 자에게 행복이 함께하리니!

가장 빨리 달리는 자가

승리의 반지를 차지하는 법입니다.

그레미오 씨, 어떻게 하시겠습니까?

그레미오

나도 찬성이오.

그 말괄량이에게 끝까지 구애해서

결혼에 성공하고 첫날밤을 치른 다음

집에서 데리고 나가줄 사람이 있다면,

난 그에게 파도바에서 가장 좋은
말 한 필을 내줄 거요.

(그레미오와 호르텐시오 퇴장하고,
트라니오와 루첸티오만 무대에 남는다)

트라니오

도련님, 말씀해주세요.
저렇게 갑자기 사랑에 눈이 멀 수도 있는 건가요?

루첸티오

트라니오, 그런 일이 내게 일어나기 전에는
나도 그게 가능하리라고 생각도 못 했지.
하지만 네가 보다시피
난 멍하니 서서 바라보다가
속절없이 사랑에 빠져버렸어.
카르타고의 여왕 디도*가
동생 안나에게 고백했듯이
나도 네게 있는 그대로 고백할게.
넌 내가 믿고 의지하는 사람이니까.
지금 내 가슴에서 사랑의 불길이 타오르는 것 같아.
저 참한 아가씨를 얻지 못하면
애타게 그리워하다 죽을지도 몰라.

* 베르길리우스의 서사시
《아이네이스》에서 영웅 아이
네아스를 사랑했던 인물.

트라니오, 나를 도와줘.

너라면 날 충분히 도울 수 있을 거야.

그럴 거지?

트라니오

도련님, 지금은 자신을 탓할 때가 아닙니다.

사랑이란 게 그런다고 해결될 문제가 아니잖아요.

사랑에 빠지셨으니 별다른 수가 없습니다.

이런 말이 있잖아요.

되도록 싸게 몸값을 치르고

그 속박에서 벗어날 방법을 궁리하라고요.

루첸티오

고맙구나, 트라니오.

네 얘기가 마음에 드니 계속해줘.

네 충고는 늘 유익하니

이번에도 도움이 될 거야.

트라니오

도련님은 아주 넋이 나간 듯

그 아가씨만 바라보셨잖아요.

그러느라 문제의 핵심을 놓치신 것 같아요.

루첸티오

아니, 다 봤어.

아게노르 왕의 딸 에우로페처럼

아리따운 그녀의 얼굴을 봤다고.
제우스신이 크레타섬 바닷가에서
무릎 꿇고 입 맞추었던
아리따운 아가씨 말이야.

트라니오

다른 건 못 보셨고요?
그 아가씨 언니가 사람의 귀로 차마 견딜 수 없는
시끄러운 소리로 고래고래 소리 지르며
난리 치는 걸 못 보셨어요?

루첸티오

트라니오, 그녀의 앵두 같은 입술이
오물오물 움직이는 모습을 봤어.
그녀의 숨결에선 향기가 느껴졌단다.
내가 그녀에게서 보고 느낀 것은
모두 성스럽고 향기로웠어.

트라니오

(방백) 이러시면 곤란한데.
도련님이 정신 차리도록 좀 더 세게 나가야겠어.
도련님, 제발 정신 차리세요.
정말 사랑하신다면 그 아가씨를 얻을 방법을
궁리하고 지혜를 짜내셔야죠.
자, 지금 상황을 들어보세요.

그 아가씨의 언니가 성질 고약한 말괄량이인지라
부친께서 이 큰딸을 시집보낼 때까지
도련님이 사랑하는 아가씨를
집에 가둬놓기로 했단 말입니다.
구혼자들에게 시달리지 않도록 집에 가두었으니
작은딸은 처녀 귀신이 되게 생겼다고요.

루첸티오

아, 정말 매정한 아버지야!
참, 그 부친이 딸을 가르칠 유능한 가정 교사를
찾고 있다는 애기 너도 들었니?

트라니오

똑똑히 들었죠.
그리고 제게 좋은 계획이 있어요!

루첸티오

트라니오, 나도 좋은 생각이 떠올랐어!

트라니오

도련님, 틀림없이 우리 둘이
같은 생각을 하고 있을 겁니다.

루첸티오

네가 먼저 말해봐.

트라니오

도련님이 가정 교사가 되어

그 아가씨를 가르치는 겁니다.
도련님도 이런 생각을 하신 거죠?

루첸티오

맞아. 잘될까?

트라니오

아니요. 문제가 있잖아요.
그럼 도련님 역할은 누가 합니까?
빈첸티오의 아들이 되어 여기 파도바에서
새살림을 꾸리고, 공부하고, 친구들과 어울리고,
고향 사람들을 방문하고,
연회를 베푸는 일은 누가 하냐고요?

루첸티오

그건 걱정 마. 내게 다 계획이 있으니까.
우리는 여기서 아직
어느 집도 방문한 적이 없잖아.
누가 주인이고 누가 하인인지
아무도 우리 얼굴을 알아보지 못할 거야.
그러니까 이렇게 하자.
트라니오, 네가 나 대신 루첸티오가 되어
주인 행세를 하는 거야.
새살림을 꾸리고, 내 지위에 걸맞은 생활을 하고,
하인들을 부리는 거지.

나는 다른 사람 행세를 할 거야.
피렌체나 나폴리에서 온 사람이 되거나
피사에서 온 미천한 사람인 척할 거야.
이렇게 계획이 섰으니 다 잘 될 거야.
트라니오, 어서 옷을 벗고 내 모자랑 망토를 걸쳐.
(두 사람은 옷을 바꿔 입는다)
비온델로가 오면 너를 잘 모시라고 힐게.
입조심 하도록 내가 먼저 잘 얘기해놓으마.

트라니오

정 그러시다면 어쩔 수 없죠.
요컨대, 이건 도련님이 원하시는 일이니
저는 따를 수밖에 없다는 겁니다.
집을 떠나올 때 나리께서 신신당부하셨어요.
도련님을 제대로 보살피라고요.
비록 이런 뜻으로 하신 말씀은 아니겠지만요.
제가 기꺼이 루첸티오 도련님이 되겠습니다.
도련님은 제게 소중한 분이니까요.

루첸티오

트라니오, 그렇게 해줘.
사랑에 빠진 이 루첸티오는
그 아가씨를 얻을 수만 있다면
노예가 되는 것도 두렵지 않아.

그녀를 본 순간 눈이 멀고 마음을 빼앗겼으니까.

(비온델로 등장한다)

루첸티오

저 녀석이 오는구나.

이제껏 어디 있다 오는 거냐?

비온델로

어디 있다 오긴요?

아니, 그런데 이게 어찌 된 일입니까?

트라니오 녀석이 도련님 옷을 훔쳐 입은 거예요?

아니면 도련님께서 저 녀석 옷을요?

그것도 아니면 둘이 같이?

도대체 어찌 된 일이에요?

루첸티오

이 녀석아, 이리로 와봐.

지금 농담할 때가 아니니 눈치껏 처신해야 한다.

네 동료 트라니오는 내 목숨을 구하기 위해

내 옷을 입고 주인 행세를 하고 있다.

난 무사히 빠져나가기 위해

트라니오의 옷을 입은 거고.

여기 도착한 뒤 싸움에 휘말려서

내가 사람을 죽이고 말았다.

아무래도 그 일이 곧 발각될 것 같아.

이렇게 부탁하니 내가 여길 빠져나가서

목숨을 구할 수 있도록

너는 트라니오를 주인으로 잘 모셔야 한다.

알아듣겠니?

비온델로

예, 도련님.

(방백) 무슨 소린지 하나도 못 알아먹겠네.

루첸티오

절대로 네 입에 '트라니오'라는 이름을 올려선 안 된다.

트라니오는 루첸티오가 됐으니 말이다.

비온델로

트라니오 녀석은 좋겠네요.

저도 그래봤으면 좋겠어요.

트라니오

내가 잘해야 할 텐데.

그래야 루첸티오 도련님이 살아남으셔서

밥티스타 어르신의 작은딸과 맺어질 수 있지.

이보게, 나를 위해서가 아니라

우리 주인을 위해서 하는 일이니 이리 당부하네.

다른 사람들과 있을 때는 항상 신중히 처신하게.

우리가 단둘이 있을 때야 당연히 내가 트라니오지만,
그 밖의 모든 곳에서는 자네 주인
루첸티오라는 걸 잊지 말게.

루첸티오

트라니오, 가자. 네가 할 일이 한 가지 더 있어.
넌 그 아가씨에게 구혼하는 척하면서
다른 구혼자들 틈에 끼어있어야 해.
그 이유가 궁금할 테지만,
일단 그럴만한 중요한 이유가
있다는 것만 알고 있어.

(모두 퇴장한다)

(서막에 나왔던 배우들이 한쪽에서 이야기한다)

하인 1

나리, 꾸벅꾸벅 졸고 계시네요.
연극이 지루하신가 봅니다.

슬라이

아니, 아주 재미있게 보고 있다.
좋은 구경거리구나.
아직 더 남은 거냐?

시동(부인으로 변장)

나리, 이제 막 시작한걸요.

슬라이

여보 부인, 아주 훌륭한 놀이요.

그래도 어서 끝나면 좋겠소.

(모두 앉아 연극을 본다)

1막 2장

『파도바, 호르텐시오의 집 앞』

(페트루키오와 하인 그루미오가 등장한다)

페트루키오
베로나를 잠시 떠나 파도바로 온 건
친구들을 만나기 위해서다.
내가 누구보다 믿고 아끼는 친구인
호르텐시오부터 만나야겠다.
여기가 그의 집인 듯하구나.
그루미오, 두드려 봐라.

그루미오
나리, 두드리라고요?
제가 누굴 두드릴까요?
누가 우리 나리께 못된 짓이라도 했습니까?

페트루키오

이 망나니 같은 녀석!

나 대신 여기를 쾅쾅 두드리란 말이다.

그루미오

여기를 두드리라니요?

아니, 제가 왜 나리를 두들겨요?

페트루키오

이놈아, 문을 두드리란 말이야.

쾅쾅 두들기지 않으면

네 놈 머리통을 두들겨줄 테다.

그루미오

우리 나리는 걸핏하면 싸우려고 하신다니까.

제가 먼저 나리를 두들겼다가

나중에 무슨 봉변을 당하라고요?

페트루키오

그래, 어디 혼 좀 나보겠느냐?

이놈아, 네가 못하겠다면 내가 두들겨주지.

네 녀석 입에서 곡소리가 절로 나오게 해주마.

(그루미오의 귀를 비틀어 바닥에 패대기친다)

그루미오

사람 살려요!

우리 나리가 미쳤나 봐요!

페트루키오

이제 가서 문을 두드려라, 이 망나니 같은 녀석아.

(호르텐시오 등장한다)

호르텐시오

아니, 이게 누구야?

내 오랜 친구 페트루키오와 그루미오 아닌가?

베로나에서는 다들 편안하신가?

페트루키오

호르텐시오, 싸움을 말리러 납시었는가?

(이탈리아어로) 진심으로 환영하네.

호르텐시오

(이탈리아어로) 친애하는 페트루키오,

내 집에 온 걸 환영하네.

그루미오, 그만 싸우고 얼른 일어나게.

(그루미오 일어선다)

그루미오

쳇, 나리께서 라틴어인지 뭔지로

어떤 말씀을 하시든 상관없어요.

제가 나리 모시는 일을 그만둬도
법적으로 문제 되지만 않는다면요.
들어보세요. 저더러 나리를 두들기라고,
그것도 아주 꽝꽝 두들기라고 시키셨다니까요.
아니, 주인이 아무리 제정신이 아니라고 해도
하인이 주인을 때리는 게 있을 수나 있는 일입니까?
차라리 제가 먼저 두들겼다면
이렇게 호되게 당하진 않았을걸요.

페트루키오

이런 멍청한 녀석.
들어보게, 호르텐시오.
내가 이 멍청한 놈에게
자네 집 대문을 두드리라고 했네.
그런데 도무지 내 말을 못 알아듣는 거야.

그루미오

대문을 두드리란 말씀이었다고요?
맙소사, 그럼 말씀을 좀 똑바로 해주시죠.
"이놈아, 여길 두드려라, 저길 두드려라,
꽝꽝 두드려라." 하시고선
이제 와서 "대문을 두드려라."라고 하셨다고요?

페트루키오

이놈아, 썩 꺼지든지 주둥이를 닥치든지 해라.

호르텐시오

페트루키오, 자네가 참게.

내가 그루미오의 보증인이잖나.

자네와 그루미오 사이가 이러면 쓰나.

그루미오가 좀 짓궂긴 해도

자네와 오랫동안 함께한 충직한 하인 아닌가.

이보게, 친구. 무슨 바람이 불어

그리운 베로나를 떠나 파도바로 온 건가?

페트루키오

세상 곳곳으로 젊은이들을 흩트리는 바람이지.

고향을 떠나 작은 경험을 차곡차곡

쌓을 수 있는 곳에서

행운을 찾으라고 부추기는 바람 말이야.

호르텐시오, 미처 얘기하지 못했는데

내 아버지 안토니오께서 돌아가셨네.

그래서 이 복잡한 세상에 뛰어든 셈이지.

아내를 얻어 재물을 늘릴 수 있다면 더 바랄 게 없고.

지갑에 돈이 있고 고향에 재산이 있으니

이렇게 나와서 세상도 구경하는 걸세.

호르텐시오

페트루키오, 그렇다면 단도직입적으로 묻겠네.

성질 고약한 말괄량이를 아내로 맞이하는 건 어떤가?

이렇게 얘기하면 썩 끌리진 않을 테지만,

분명히 말하는데 그 아가씨는 돈이 아주 많다네.

아냐, 아무리 그래도 소중한 친구인 자네가

그런 여자와 맺어지길 바라는 건 안 될 일이지.

페트루키오

우리 사이에 긴말은 필요 없네.

자네가 말한 아가씨가

이 페트루키오의 아내가 되어도 좋을 만큼

재산이 넉넉하다면 그걸로 충분하네.

어쨌든 돈 많은 여자를 만나고 싶었으니까.

그녀가 플로렌티우스*의 연인처럼

못난이거나,

아폴론 신전의 쿠마에 무녀**처럼

늙다리거나,

소크라테스의 악처 크산티페처럼

심술쟁이여도,

아니 그보다 더하더라도 날 밀어내진 못할 걸세.

아드리아 바다에 일렁이는 너울처럼 휘몰아치더라도

내 격렬한 사랑을 휩쓸어가진 못할 거야.

난 여기 파도바에서 부유한 아내를 얻고 싶었네.

부자가 되면 이 파도바에서

행복하게 살 수 있잖은가.

> * 14세기 영국 시인 존 가워의 《사랑의 고백》에 나오는 인물. 추한 노파와 결혼하기로 했는데 그 노파가 나중에 미녀로 변함.
>
> ** 아폴론 신전에 사는 나이를 먹지 않는 무녀. 늙은 육체의 모습으로 영생함.

그루미오

(호르텐시오에게) 나리, 들어보십쇼.

제 주인은 정말 솔직하게 말씀하신 겁니다.

돈만 많으면 상대가 누구든 결혼하려 하실걸요.

꼭두각시든 못난이 인형이든

온갖 병에 걸린 이빨 빠진 할망구든 상관없어요.

누구든 마다하지 않으실 겁니다.

돈이 따라오는데 뭐가 문제겠어요.

호르텐시오

그럼 이왕 이렇게 됐으니,

내가 농담으로 꺼냈던 얘기를 계속해보겠네.

페트루키오, 자네가 돈 많은 아가씨를

아내로 맞이하도록 내가 도와줄 수 있어.

그녀는 젊고 아름다운 데다

숙녀가 되라고 최고의 교육을 받고 자랐네.

그녀에게 한 가지 흠이 있다면

좀 심각한 흠이긴 하지만,

감당할 수 없을 정도로 성질 고약한

말괄량이에 고집쟁이라는 거야.

그러니 내가 아무리 형편이 이보다 좋지 않다고 해도

그런 여자와 결혼할 생각은 하지 않을 걸세.

억만금을 준대도 거절할 거야.

페트루키오

호르텐시오, 진정하게.

자네는 돈의 위력을 모르는군.

그 여자 부친이 누군지만 알려주게.

그거면 충분하네.

그 여자가 가을철 구름 속에서 울리는 천둥처럼

우르릉거리며 호통치더라도 난 청혼할 생각이네.

호르텐시오

그 아가씨 부친은 밥티스타 미놀라라는 분으로

온화하고 점잖은 신사라네.

그 아가씨 이름은 카타리나 미놀라야.

파도바에서 입이 거칠고 험하기로 악명 높지.

페트루키오

딸은 잘 모르겠지만, 부친은 아는 분이군.

돌아가신 아버지와 잘 아는 사이셨지.

호르텐시오, 그녀를 만나기 전에는

한시도 눈을 붙일 수 없을 듯하네.

만나자마자 이렇게 말해서 미안하지만,

나는 당장 가봐야겠어.

자네가 나를 그 집으로 데려다준다면 모를까,

이만 헤어져야겠네.

그루미오

(호르텐시오에게) 나리, 제발 부탁이니
제 주인이 변덕 부리기 전에 어서 데려가 주세요.
아휴, 만일 그 아가씨가 저만큼
제 주인을 잘 아시게 되면
아무리 욕을 퍼부어도
소용없다는 걸 깨달으실 겁니다.
아마 세상에 둘도 없는 악당이라고 하시겠지만,
그런 욕쯤은 아무것도 아닙니다.
제 주인은 한번 시작했다 하면
온갖 폭언을 퍼부으실 거예요.
제 말 좀 들어보세요.
만일 그 아가씨가 말대꾸라도 할라치면
온갖 비유를 다 들어가며 혼쭐을 내실 겁니다.
그러면 그 아가씨는 혼이 쏙 빠져서
제 주인이랑 눈도 마주치지 못할걸요.
나리는 제 주인을 잘 모르십니다.

호르텐시오

기다려보게, 페트루키오. 나도 함께 가야겠네.
밥티스타 어르신 댁에 내 보물이 있거든.
내 목숨과도 같은 보물인 그 댁 작은딸,
아름다운 비앙카가 있네.

그 어르신은 나와 나의 다른 경쟁자인

구혼자들로부터 작은딸을 떼어놓고 계시지.

내가 아까 말한 결점 때문에 카타리나에게

구혼할 사람이 없으리라고 생각하신 모양이야.

그래서 밥티스타 어르신이 명을 내리셨어.

말괄량이 카타리나가 짝을 만나기 전에는

아무도 비앙카에게 다가가지 못한다고.

그루미오

'말괄량이 카타리나'라니

처녀에게 붙은 별명치고 참 고약하네요.

호르텐시오

페트루키오, 부탁 좀 들어주게.

내가 수수한 옷으로 갈아입고

다른 사람으로 변장할 테니

밥티스타 어르신에게 나를 가정 교사로 추천해주게.

음악에 정통해서 비앙카를

잘 가르칠 수 있을 거라고 얘기도 해주고.

이 계획대로만 된다면

그녀에게 구애할 수 있는 기회를 엿볼 수 있고,

잘 되면 그녀의 마음도 얻을 수 있네.

그루미오

(방백) 뭐, 이건 사기라고 할 수도 없지.

> *늙은이 하나 속이려고 젊은이 둘이*
> *머리를 맞대고 있는 꼴이 우습긴 하지만.*

(그레미오, 가정 교사 캄비오로 변장한 루첸티오 등장한다)

그루미오

나리, 저기 좀 보세요. 누가 오는데요.

호르텐시오

쉿, 그루미오! 저 사람은 내 경쟁자야.
페트루키오, 잠시 저쪽에 서 있는 게 좋겠군.

(페트루키오, 호르텐시오, 그루미오는 한쪽으로 비켜선다)

그루미오

(방백) 잘생긴 젊은이네. 바람기도 있어 보이고.

그레미오

(루첸티오에게) 책 목록을 찬찬히 읽어보았는데
아주 좋소.
선생, 내 말 잘 들으시오.
사랑에 관한 책들을 모두 보기 좋게 제본해주시오.
어쨌든 그 일을 잘해주고,
그녀에게 절대 다른 책은 가르치지 마시오.

내 말을 이해했을 거요.

밥티스타 어르신이 주는 수업료 말고도

내가 두둑이 사례하리다.

이 목록은 가져가시오.

참, 그 책들에다 향수를 듬뿍 뿌려놓으시오.

그 책들을 받을 여인은

그 어떤 향수보다 더 향기로운 여인이니까.

그녀에게 무엇을 읽어줄 생각이오?

루첸티오(가정 교사 캄비오로 변장)

제가 그녀에게 무엇을 읽어주든

제 후원자인 당신을 대신해

사랑을 전해드릴 테니 안심하십시오.

당신이 내내 그 자리에 함께 있는 것처럼 확실하게요.

당신이 학자가 아닌 이상,

직접 하시는 말보다 더 근사하게 들릴 겁니다.

그레미오

오, 배움이란 정말 대단한 것이로군!

그루미오

(방백) 오, 이 얼간이는 정말 대단한 등신이로군!

페트루키오

(그루미오에게) 이놈아, 조용히 좀 해.

호르텐시오

쉿, 그루미오.

(앞으로 나간다)

그레미오 씨, 안녕하십니까?

그레미오

호르텐시오 씨, 마침 잘 만났소.

내가 지금 어디 가는지 아시오?

밥티스타 어르신에게 가는 길이오.

약속한 대로 어여쁜 비앙카를 가르칠 가정 교사를

신중히 알아보다가 운 좋게 이 젊은 선생을 만났소이다.

학식과 품행 면에서 그녀에게 딱 맞는 선생이오.

시는 물론이고 다른 훌륭한 책도

아주 많이 읽은 분이니 내가 보증할 수 있소.

호르텐시오

잘 됐군요. 나도 한 신사를 만났는데

내게 사람을 하나 소개해주기로 했습니다.

비앙카에게 음악을 가르쳐줄 훌륭한 음악가 말입니다.

나도 사랑하는 비앙카를 위해서라면

조금도 꿀리고 싶지 않습니다.

그레미오

내 사랑은 행동으로 증명하겠소.

그루미오

(방백) 네 돈주머니로 증명하겠지.

호르텐시오

그레미오 씨, 지금은 우리가

사랑 타령을 할 때가 아닙니다.

우선 내 말을 들어보세요.

좀 더 정중하게 대해주신다면

우리 둘에게 이로운 소식을 전해드리죠.

(페트루키오를 소개한다)

여기 이 신사분을 우연히 알게 됐습니다.

본인이 원하는 조건에 우리가 동의하면

말괄량이 카타리나에게 청혼하기로 했고,

그녀의 지참금이 넉넉하다면 결혼까지 하겠답니다.

그레미오

말대로 된다면 오죽 좋겠소.

호르텐시오 씨, 이분에게

그녀의 결점을 다 말했습니까?

페트루키오

그녀가 싸움닭 같은 말괄량이라는 건 알고 있습니다.

내가 들은 게 다라면 전 상관없습니다.

그레미오

상관없다고요?

그게 정말이오?

어디 출신이시오?

페트루키오

베로나에서 왔습니다.

부친은 안토니오이신데 돌아가셨습니다.

재산은 충분히 있으니

즐거운 나날을 보내는 게 제 바람입니다.

그레미오

선생, 그런 말괄량이를 아내로 맞아

즐거운 나날을 보내고 싶어 하다니

괴상한 취향이군요.

그래도 당신 뜻이 그렇다면 잘해보시오.

내가 물심양면으로 돕겠소.

정말 그 살쾡이 같은 여자에게 청혼하는 거요?

페트루키오

설마 나를 헤치기야 하겠습니까?

그루미오

우리 나리께 청혼할 거냐고 묻는 겁니까?

물론이죠.

안 그러면 제가 그 여자를

가만두지 않을 겁니다.

페트루키오

그게 아니면 여기 뭐 하러 왔겠소?

여자가 좀 떠든다고 내가 주눅들 것 같습니까?

한때 사자가 으르렁거리는 소리도 못 들어본 줄 아시오?

땀에 절어 씩씩대는 멧돼지처럼

거칠게 휘몰아치는 파도 소리는요?

벌판에서 꽝꽝 울리는 대포 소리와

하늘에서 우르릉거리는 천둥 소리는 또 어떻고요?

치열한 전쟁터에서 종들이 요란하게 땡강거리는 소리,

말들이 히힝 거리는 소리,

나팔이 붐빠대는 소리를 내가 못 들어봤겠소?

이런 내게 여자의 입놀림 얘기를 하는 겁니까?

농부의 화롯불에서 군밤 터지는 소리만도 못할 거요.

쯧쯧, 도깨비를 무서워하는 어린애들 같소이다.

그루미오

우리 나리는 무서운 게 없다니까요.

그레미오

호르텐시오 씨, 이 신사분은

때맞춰 잘 오신 것 같소.

본인을 위해서도 그렇고,

우리를 위해서도 그렇고.

호르텐시오

제가 한 가지 약속을 했습니다.

얼마가 들어가든 이분이 청혼하는데

들어가는 비용을 우리가 대겠다고요.

그레미오

좋소. 그 여자를 데려가 주기만 한다면 얼마든지요.

그루미오

내 이렇게 될 줄 알았다니까요.

(루첸티오로 변장한 트라니오, 비온델로 등장한다)

트라니오(루첸티오로 변장)

여러분, 안녕하십니까?

실례지만, 밥티스타 어르신 댁에 가려면

어느 길로 가는 게 가장 빠른지 알려주시겠습니까?

비온델로

슬하에 아름다운 따님을 둘이나 두신

그분 말씀이시죠?

트라니오(루첸티오로 변장)

그렇지, 비온델로.

그레미오

이보시오, 설마 그 댁 딸에게 볼일이?

트라니오(루첸티오로 변장)

그분과 그 따님을 만나러 가는 길입니다.

그게 댁과 무슨 상관이 있습니까?

페트루키오

어쨌든 그 말괄량이를 만나러 가는 건 아니었으면 하오.

트라니오(루첸티오로 변장)

난 말괄량이는 사절입니다.

가자, 비온델로.

루첸티오(가정 교사 캄비오로 변장)

(방백) 시작이 좋구나, 트라니오.

호르텐시오

선생, 가기 전에 하나만 물어봅시다.

좀 전에 말한 그 아가씨에게 청혼하려는 겁니까?

트라니오(루첸티오로 변장)

그러면 안 될 이유라도 있습니까?

그레미오

꼭 그런 건 아니요.

아무 말 말고 그냥 돌아가 준다면.

트라니오(루첸티오로 변장)

이 길은 당신들이나 나나.

자유롭게 다닐 수 있는 길 아닙니까?

그레미오

길은 그렇지만, 그녀는 아닙니다.

트라니오(루첸티오로 변장)

왜 그러시는지 이유나 들어봅시다.

그레미오

이유를 물으니 얘기해드리죠.

그 여자는 이 그레미오가 마음을 준 상대요.

호르텐시오

이 호르텐시오도 마음을 준 상대요.

트라니오(루첸티오로 변장)

여러분, 신사라면 진정하고 내 말 좀 들으시오.

밥티스타 어르신은 덕망 있는 신사고

내 아버지와도 안면이 있으신 걸로 압니다.

그분 따님이 빼어나게 아름답다면

당연히 많은 구혼자가 몰려들겠죠.

나도 그중 한 명이오.

미모가 빼어나기로 이름난 트로이의 헬레나에게

구혼자가 천 명이나 있었다죠.

그러니 아름다운 비앙카에게 구혼자가

한 명 더 느는 게 뭐 그리 대수겠소?

이 루첸티오가 그 한 명이오.

물론 파리스 왕자*는 승리를   * 헬레나의 연인.

독차지할 거란 희망을 품고 왔지만.

그레미오

허허, 이 친구 말솜씨는 우리가 못 당하겠는걸!

루첸티오(가정 교사 캄비오로 변장)

그냥 두십시오. 곧 제풀에 지칠 겁니다.

페트루키오

호르텐시오, 언제까지 이렇게 떠들고만 있을 건가?

호르텐시오

(트라니오에게) 선생, 실례지만 하나만 더 묻고 싶소.

밥티스타 어르신의 따님을 본 적이 있소?

트라니오(루첸티오로 변장)

아니, 없소.

하지만 그분께 따님이 둘 있다고 들었소이다.

하나는 입이 험하기로 악명 높고,

다른 하나는 아름답고 참하다고요.

페트루키오

선생, 큰딸은 내가 점찍었으니 신경 끄시오.

그레미오

그럼요, 힘든 일은

헤라클레스에게 맡겨야지요.

그 일은 헤라클레스의

열두 가지 위업*보다 더 큰 일이니.

* 제우스신과 인간 알크메네의 아들인 헤라클레스가 신이 되기 위해 열두 가지 위업을 달성한 일.

페트루키오

(트라니오에게) 선생, 내 말을 새겨들으시오.

선생이 원하는 작은딸은 그 부친께서

구혼자들이 얼씬도 못 하게 막고 있습니다.

큰딸을 먼저 시집보내기 전에는

어떤 남자에게도 작은딸을 주지 않을 거요.

작은딸은 큰딸이 결혼한 뒤에나

자유의 몸이 되고 그전에는 어림없습니다.

트라니오(루첸티오로 변장)

그렇다면 당신이야말로 우리 모두를,

아니 나를 도와줄 사람이군요.

여러 걸림돌을 없애고

큰딸과 결혼하는 위업을 이룬다면 말이오.

작은딸에게 자유를 찾아줘서

우리가 접근할 수 있게 해주면,

누구든 운 좋게 그녀를 차지하는 사람이

섭섭지 않게 사례할 겁니다.

호르텐시오

말씀 잘하셨고, 구구절절 옳습니다.

댁도 작은딸에게 구혼하겠다고 대놓고 말씀하셨으니

우리처럼 이 신사에게 사례하셔야 합니다.

우리 모두 이분에게 신세 지는 셈이니까요.

트라니오(루첸티오로 변장)

나는 무책임한 사람이 아닙니다.

그 증거로 여러분만 괜찮으시다면

오늘 오후에 다 같이 모여

우리가 흠모하는 아가씨의 건강을 위해

술을 진탕 마셔볼까요?

경쟁은 정정당당하고 치열하게 하더라도

오늘은 친구가 되어 먹고 마시는 겁니다.

그루미오

이야, 기가 막힌 제안입니다.

비온델로

어서 가시지요.

호르텐시오

정말 좋은 제안이오. 그렇게 합시다.

페트루키오, 자네 일은 걱정하지 말게.

(모두 퇴장한다)

2막

2막 1장

『파도바, 밥티스타의 집』

(카타리나와 두 손이 묶인 비앙카가 등장한다)

비앙카

언니, 나를 시녀처럼 막 대하며 괴롭히지 말고

언니 자신도 괴롭히지 마.

난 이러는 거 싫어.

이 손만 풀어주면 옷은 내가 벗을게.

겉옷부터 속치마까지

걸치고 있는 옷이란 옷은 다 벗을게.

그게 아니면 언니가 시키는 건 뭐든 다 할게.

손윗사람을 어떻게 대해야 하는지는

나도 잘 알고 있어.

카타리나

너한테 청혼한 남자들 가운데

누가 가장 마음에 드는지 말해 봐.

날 속일 생각은 하지 말고.

비앙카

언니, 믿어줘.

이제껏 특별히 마음에 드는 남자는 없었어.

카타리나

건방진 계집애, 거짓말하지 마.

너 호르텐시오를 마음에 두고 있지?

비앙카

언니가 그 사람을 좋아한다면

그와 맺어질 수 있도록 내가 애써볼게.

맹세해.

카타리나

아, 그렇다면 돈 많은 작자를 좋아하는 모양이구나.

그레미오에게 시집가서 호사스레 살고 싶은 거지?

비앙카

그럼 그레미오 씨 때문에 날 이렇게 미워하는 거야?

에이, 농담이겠지. 이제 알겠다.

이제까지 나한테 장난을 친 거구나.

언니, 이 손 좀 풀어줘.

카타리나

(비앙카를 때리며) 그게 장난이면,

이것도 다 장난이다!

(밥티스타 등장한다)

밥티스타

이게 무슨 버릇없는 짓이냐?

비앙카, 이쪽으로 오너라.

딱한 것, 울고 있구나.

(비앙카의 손을 풀어주며) 언니 일에 상관하지 말고

가서 자수나 놓거라.

(카타리나에게) 망신스러워라.

못된 말썽꾸러기 같으니라고.

왜 아무 잘못도 없는 동생을 못살게 구는 게냐?

저 애가 언제 네게 싫은 소리라도 하더냐?

카타리나

아무 말도 안 하니까 더 기분 나빠요.

가만두나 봐라.

(비앙카에게 달려든다)

밥티스타

아니, 아비 앞에서 뭐 하는 짓이냐?

비앙카, 안으로 들어가거라.

(비앙카 퇴장한다)

카타리나

아버지는 저한테만 뭐라고 하시죠?

흥, 이제 알겠어요.

저 애만 애지중지하시니

당연히 남편감도 먼저 찾아주시겠죠.

동생이 먼저 결혼하면 노처녀 언니는

결혼식 날 맨발로 춤춰야 한다고요.

아버지가 저 애만 감싸고도시니

전 처녀 귀신이 되게 생겼어요.

저한테 말 걸지 마세요.

주저앉아 울면서 앙갚음할 기회만 노리겠어요.

(퇴장한다)

밥티스타

나처럼 속 썩는 아비가 또 있을까?

그런데 저기 누가 오는 거야?

(그레미오, 수수한 복장을 하고 가정 교사 캄비오로

변장한 루첸티오, 페트루키오, 음악 교사 리티오로 변장한

호르텐시오, 루첸티오로 변장한 트라니오,

류트*와 책을 든 비온델로가 등장한다) * 기타와 비슷한 중세
유럽의 현악기.

그레미오

이웃사촌 밥티스타 어르신, 안녕하십니까?

밥티스타

이웃사촌 그레미오 씨, 안녕하시오?

내 집에 오신 분들의 평화를 빕니다.

페트루키오

어르신의 평화를 빕니다.

혹시 이 댁에 아름답고 참한

카타리나라는 따님이 있지 않습니까?

밥티스타

내게 카타리나라는 딸이 있긴 합니다만.

그레미오

(페트루키오에게) 그렇게 다짜고짜 덤비지 말고,

예의를 갖춰 얘기하시오.

페트루키오

그레미오 씨, 저를 예의도 모르는 사람

취급하지 마십시오.

계속 말씀드리겠습니다.

저는 베로나에서 온 사람입니다.

따님이 아름답고 재치 있는 데다

상냥하고 수줍음 타는 겸손한 여인이라고 들었습니다.

또 됨됨이가 서글서글하고 몸가짐이 얌전하다고
소문이 자자해서 제 눈으로 직접 확인하고자
이렇게 실례를 무릅쓰고 댁으로 불쑥 찾아왔습니다.
이리 반갑게 맞아주시니 그 보답으로
사람을 하나 소개하겠습니다.
(음악 교사 리티오로 변장한 호르텐시오를 소개한다)
음악과 수학에 정통한 사람이니
따님을 잘 가르칠 수 있을 겁니다.
듣자 하니 따님이 그 분야에 관심이 많더군요.
제 성의를 무시하지 마시고
이 사람을 받아들여 주십시오.
이름은 리티오이고, 만토바 출신입니다.

밥티스타

잘 오셨소. 두 분 다 환영합니다.
하지만 내 딸 카타리나는 아무래도
당신과 어울리지 않을 것 같소.
안타까운 일이오.

페트루키오

큰따님을 시집보내기 싫으신 건가요,
아니면 제가 싫으신 건가요?

밥티스타

오해는 마시오. 나는 사실대로 말했을 뿐이오.

그런데 어디서 오신 분이신지?

성함이 어찌 되시오?

페트루키오

저는 페트루키오라 하고,

부친은 안토니오이십니다.

이탈리아 전역에 널리 알려진 분이시죠.

밥티스타

그분이라면 나도 잘 알지요.

그 댁 아드님이라고 하니 정말 반갑군요.

그레미오

페트루키오 씨, 미안하지만 당신 얘기는 그만하고

불쌍한 이 소생들에게도 말할 기회를 주시오.

혼자 너무 앞서가지 말고.

페트루키오

그레미오 씨, 미안하지만 할 얘기는 해야겠습니다.

그레미오

어련하시겠소.

하지만 그렇게 청혼한 걸 후회하게 될 거요.

(밥티스타에게) 저도 분명 반가워하실

선물을 준비했습니다.

누구보다 신세를 많이 지고 있는 어르신에게

조금이나마 보답하기 위해 기쁜 마음으로

이 젊은 학자를 소개합니다.

(가정 교사 캄비오로 변장한 루첸티오를 소개한다)

프랑스 랭스에서 오랫동안 공부한 선생입니다.

저 선생이 음악과 수학에 정통하다면,

우리 선생은 그리스어와 라틴어를 비롯해

다양한 언어에 능통합니다.

이름은 캄비오라고 합니다.

부디 이 사람을 받아들여 주셨으면 합니다.

밥티스타

그레미오 씨, 정말 고맙소.

캄비오 선생, 잘 오셨습니다.

(트라니오에게) 그런데 이 신사분은

아무 말 없이 뒤로 물러나 계시는군요.

실례지만 무슨 일로 오셨는지요?

트라니오(루첸티오로 변장)

실례는 제가 범해야겠습니다.

파도바에는 초행입니다만,

이 댁에 아름답고 참한 따님이 있다지요?

비앙카 아가씨에게 청혼하려고 합니다.

큰따님을 먼저 시집보내려는

어르신의 굳은 결심을 모르지는 않습니다.

그래도 이렇게 청을 드립니다.

제가 어떤 가문 출신인지 들어보시고

저를 다른 구혼자들처럼 받아들이셔서

자유롭게 따님을 만날 수 있는 호의를 베풀어 주십시오.

따님들의 교육을 위해 이 변변찮은 악기와

그리스어, 라틴어 책을 선물로 드립니다.

(비온델로가 선물을 들고 앞으로 나온다)

이 선물들을 받아주신다면 그 가치가 한결 빛날 겁니다.

밥티스타

루첸티오 씨라고 했죠.

어디에서 오셨소?

트라니오(루첸티오로 변장)

피사에서 왔습니다.

부친은 빈첸티오이십니다.

밥티스타

아, 피사의 거목이시죠.

그분에 관해서는 익히 들어 알고 있습니다.

정말 잘 오셨소.

(호르텐시오에게) 선생, 악기를 받으시오.

(루첸티오에게) 이 책들은 선생이 받으시오.

어서 가서 학생들을 만나보시지요.

여봐라, 들어오너라!

(하인이 들어온다)

밥티스타

두 분을 아가씨들께 안내해라.

앞으로 이분들에게 배우게 될 테니 잘 따르라고 일러라.

(음악 교사 리티오로 변장한 호르텐시오,

가정 교사 캄비오로 변장한 루첸티오,

비온델로, 하인 퇴장한다)

밥티스타

우린 정원을 좀 거닐다가 식사하러 갑시다.

다들 정말 잘 오셨소.

여러분 일은 좀 더 생각해봅시다.

페트루키오

어르신, 저는 제 볼일이 급한데

날마다 청혼하러 올 수도 없는 노릇 아닙니까?

제 아버지를 잘 아시니 제가 어떤 사람인지도

짐작하실 수 있을 겁니다.

저는 아버지의 유일한 상속인으로서

전 재산을 물려받았고,

그걸 써서 없애기는커녕 오히려 더 불려놓았습니다.

그래서 여쭈어보고 싶은 게 있습니다.

제가 따님의 사랑을 얻어 그녀와 부부의 연을 맺게 되면

지참금을 얼마나 받을 수 있습니까?

밥티스타

내가 죽은 뒤 내 땅의 절반을 받게 되고,

금화 이만 냥은 즉시 받을 거요.

페트루키오

그렇다면 저도 그 지참금에 상응하는

약속을 드리겠습니다.

만일 따님이 저보다 오래 살 경우,

홀로된 따님에게 제 토지 등 모든 부동산을 남기겠습니다.

그러니 양측이 지켜야 할 내용을 담은

특별 계약서를 만들어서 서명하는 게 어떠신지요?

밥티스타

그건 특별한 것을 얻은 뒤에 합시다.

그 애의 사랑을 얻는 게 먼저 아니오?

페트루키오

아, 그건 식은 죽 먹기입니다.

장인어른께 확실히 말씀드리죠.

따님이 아무리 콧대가 높다 하더라도

제 뚝심은 못 당할 겁니다.

활활 타오르는 두 불꽃이 만나면

그 사나운 불길이 불씨마저 다 태워버리는 법이죠.

물론 작은 불꽃은 미풍에 큰불로 번지기도 하지만,

거대한 돌풍이 몰아치면 오히려 꺼져버립니다.

제가 그 거대한 돌풍이라면

따님은 작은 불꽃에 지나지 않으므로

저에게 두 손 두 발 다 들 겁니다.

저는 거친 사내이므로

애송이처럼 구애하진 않을 생각입니다.

밥티스타

그럼 일이 잘 되길 바라겠소.

하지만 험한 말을 들을 수 있으니

단단히 각오해야 할 겁니다.

페트루키오

네, 바람이 휘몰아쳐도 흔들리지 않는 산처럼

단단히 각오했으니 끄떡없습니다.

(머리에 상처 입은 호르텐시오 등장한다)

밥티스타

아니, 어찌 된 일이오?

얼굴이 왜 그리 하얗게 질렸소?

호르텐시오(음악 교사 리티오로 변장)

제 얼굴이 하얗게 질렸다면 겁을 먹어서 그렇겠지요.

밥티스타

내 딸이 그 정도로 음악에 소질이 없소?

호르텐시오(음악 교사 리티오로 변장)

군인이 되는 게 더 빠를 듯합니다.

무기는 잘 다룰 수 있을지 몰라도

악기는 절대 아닙니다.

밥티스타

그럼 그 애가 류트를 제대로 치는 건 불가능하다는 거요?

호르텐시오(음악 교사 리티오로 변장)

따님이 류트로 제 머리통을 제대로

내리쳐서 다 부서졌습니다.

저는 따님이 류트 지판을 잘못 누르고 있어서

그걸 짚어주려 한 겁니다.

제대로 알려주기 위해 손목을 구부렸을 뿐인데

다짜고짜 불같이 화를 내며

"지판이 뭐가 어쩌고 어째? 뜨거운 맛 좀 보여줘야겠어."

라고 하더니 악기로 제 머리를 내리쳤습니다.

너무 놀란 저는 죄인들이 머리에 쓰는 칼처럼

류트를 머리에 쓴 채 한동안 멍하니 서 있었고,

따님은 저에게 '천한 딴따라'니 '깽깽이'니 하면서

온갖 험한 욕을 퍼부었습니다.

마치 저를 괴롭히려고 미리

공부라도 한 사람 같았다니까요.

페트루키오

당찬 아가씨로군.

전보다 열 배는 더 사랑스러운걸.

어서 그녀와 이야기 나누고 싶군.

밥티스타

(호르텐시오에게) 그렇게 풀죽은 채 있지 말고,

나와 함께 갑시다.

내 작은딸을 가르쳐주시오.

그 애는 배우는 데 적극적이고,

남의 친절에 감사할 줄도 압니다.

페트루키오 씨, 우리와 함께 가시겠소?

아니면 큰딸 케이트*를 여기로 보낼까요?   * 카타리나의 애칭.

페트루키오

여기로 보내주십시오.

저는 여기서 기다리겠습니다.

(페트루키오만 남고 모두 퇴장한다)

페트루키오

그녀가 오면 당당하게 청혼해야지.
만일 내게 욕설을 퍼부으면 나이팅게일 노래처럼
감미롭게 들린다고 또박또박 얘기해줄 거야.
그녀가 얼굴을 찡그리면 이슬 맺힌 아침 장미처럼
싱그러워 보인다고 말할 거야.
입을 꾹 다물고 한마디도 하지 않으면
입담을 칭찬하며 그녀의 달변이
내 가슴을 후벼 파는 듯하다고 말해야지.
나에게 짐을 싸서 떠나라고 하면
1주일 더 곁에 머물러달라고 부탁받은 사람처럼
고맙다고 하는 거야.
청혼을 거절하면 언제 결혼 계획을 발표하고
결혼식을 올릴지 날짜를 정해달라고 조를 거야.
저기 그녀가 오는군.
자, 페트루키오, 제대로 해보자.

(카타리나 등장한다)

페트루키오

안녕하시오, 케이트.
다들 아가씨를 그렇게 부르더군요.

카타리나

어디서 그렇게 들으셨는지 모르겠지만,

귓구멍이 막힌 모양이군요.

사람들은 나를 카타리나라고 부른답니다.

페트루키오

거짓말하지 마시오.

모두 당신을 당찬 케이트라고 부르던데요.

때로는 쾌활한 케이트,

성질 고약한 케이트라고 하기도하고.

하지만 케이트, 당신은 온 세상에서

가장 예쁜 케이트이고,

내게 소중한 케이트이며,

케이크처럼 달콤한 케이트요.

내게 위안을 주는 케이트,

그러니 내 말을 들어봐요.

가는 곳마다 당신의 상냥함을

칭송하는 목소리가 들리고

당신의 미덕과 깊이를 잴 수 없는

아름다움에 대한 칭찬이 자자하더이다.

실물에 비하면 그 깊이가 한참 부족하지만.

어쨌든 그리하여 마음이 움직여 당신에게

내 아내가 되어 달라고 청하러 왔소이다.

카타리나

마음이 '움직였다'고?

당신 마음을 여기로 움직인 사람에게

당장 여기서 치워달라고 하세요.

당신이 가구처럼 쉽게 치울 수 있는 사람이란 걸

첫눈에 알았다니까.

페트루키오

뭐요, 가구처럼 쉽게 치울 수 있다니요?

카타리나

조립식 의자처럼 말이에요.

페트루키오

당신이 맞았소.

난 의자가 맞으니 내 위에 올라타시오.

카타리나

올라탈 수 있는 건 당나귀지.

당신 또한 당나귀였군요.

페트루키오

올라탈 수 있는 건 여자요.

당신 또한 여자고.

카타리나

나를 말하는 거라면

난 당신처럼 짐스러운 쓸모없는 말은 아니죠.

페트루키오

맙소사, 케이트.

난 당신의 짐이 되진 않을 거요.

당신은 아직 어리고 가냘픈데.

카타리나

너무 가냘파서 당신 같은 시골뜨기는 잡을 수 없죠.

그래도 나름 무게 있는 사람이랍니다.

페트루키오

무게 있긴? 벌처럼 윙윙거리는데.

카타리나

잡았다! 이 말똥가리.

페트루키오

이 말똥가리가 날갯짓도 제대로 못 하는

멧비둘기를 잡으러 가볼까?

카타리나

홍, 그러다 멧비둘기 밥이나 되지 마세요.

페르루키오

말벌처럼 성질부리는 걸 보니 화가 많이 나셨군.

카타리나

내가 말벌이면 내 침을 조심하는 게 좋을걸요.

페트루키오

그럼 난 침을 뽑아버리겠소.

카타리나

당신 같은 얼간이가

침이 어디 있는지 찾을 수 있으려나?

페트루키오

말벌의 침이 어디 있는지 모르는 사람이 어디 있다고.

꽁무니에 있지 않소?

카타리나

아니, 혓바닥에 있죠.

페트루키오

누구 혓바닥 말이오?

카타리나

당신 혓바닥이지.

꽁무니니 뭐니 하면서 말꼬리만 잡고 있잖아요.

그만 썩 꺼지세요.

페트루키오

뭐요, 내 혓바닥이 당신 꽁무니를 어쨌다고요?

이봐요, 케이트. 이래 봬도 난 신사라고요.

카타리나

어디 시험해보죠.

(페트루키오의 따귀를 철썩 때린다)

페트루키오

또 때리면 나도 당신을 때릴 거요.

카타리나

그럼 신사의 문장(紋章)을 잃겠죠.

당신이 날 때리면 신사가 아닌 거고,

신사가 아니면 문장이 없으니까.

페트루키오

케이트, 당신이 문장 담당 관리라도 되시오?

그럼 나도 그 명부에 넣어주시오.

카타리나

당신 투구에 다는 문장이 어떻게 생겼죠?

어릿광대 모자에 달린 볏 같은 건가?

페트루키오

난 볏 없는 수탉이오.

케이트, 내 암탉이 되어 주시오.

카타리나

겁쟁이처럼 울어대는 꼴을 보니

내 수탉은 아니군요.

페트루키오

케이트, 이리 와 봐요.

그렇게 얼굴 찡그리지 말고.

카타리나

시큼한 돌능금*을 보면

내 얼굴은 저절로 이렇게 되는걸요.

* 야생 능금나무의 열매.
작고 신맛이 남.

페트루키오

여기 돌능금이 어디 있다고 그러는 거요?

얼굴 좀 펴요.

카타리나

없긴 왜 없어요. 여기 있잖아요.

페트루키오

그럼 어디 한 번 봅시다.

카타리나

거울이 있으면 당장 보여드릴 텐데.

페트루키오

뭐요? 그럼 내 얼굴이 돌능금이라는 거요?

카타리나

애송이치고 제법인데요.

페트루키오

물론 내가 당신보다 젊어 보이긴 하지.

카타리나

이미 쭈글쭈글한걸요.

페트루키오

당신 때문에 신경 써서 그런 거요.

카타리나

내가 신경 쓸 일은 아니네요.

페트루키오

아니, 들어봐요, 케이트.

그렇게 피하려고만 하지 말고.

카타리나

내가 여기 더 있으면 당신 속만 터질 거예요.

그만 가겠어요.

페트루키오

아니, 전혀 그렇지 않소.

당신은 아주 다정한 사람이오.

몹시 거칠고, 새침하고,

부루퉁한 아가씨라고 들었는데

소문이 다 거짓이었소.

당신은 상냥하고, 명랑하고,

무척이나 예의 바른 사람이오.

쉽게 흥분하지 않고, 봄에 핀 꽃처럼 향기롭지.

얼굴을 찡그릴 줄도 모르고,

조롱하는 눈빛으로

상대를 바라보지도 못하는 사람이오.

화난 아가씨들처럼 입술을 깨물지도 않고,

대화에서 어깃장을 놓으면서 재미있어하지도 않소.

상냥하게 구혼자들을 맞이하고,
온화하고 다정하게 대화할 줄 아는 사람이오.
그나저나 왜 세상 사람들은
케이트더러 절름발이라고 하는 거요?
거참, 사람들 입이 그리 험해서야!
케이트는 개암나무 가지처럼 쪽 뻗어 날씬하고,
살결은 그 열매 빛깔처럼 갈색으로 은은하게 빛나고,
향기는 그 열매보다 더 향긋하오.
아, 당신이 걷는 모습을 봅시다.
당신이 절름발이일 리가 없소.

카타리나

바보 같은 소리 그만하고 가세요.
이래라저래라 하려거든 당신 하인에게나 하고.

페트루키오

수렵의 신 아르테미스가 숲속을 거닐 때도
이 방 안을 거니는 케이트처럼
당차 보이진 않았을 거요!
케이트, 당신이 아르테미스가 되고,
아르테미스더러 케이트가 되라고 합시다.
케이트는 정숙한 여인이 되고,
아르테미스는 방자한 탕녀가 되는 거요.

카타리나

그런 대단한 말솜씨는 어디서 나오는 거죠?

페트루키오

부모에게 물려받은 거라 즉석에서 나오는 거요.

카타리나

재치 있는 부모에게서

재치 없는 아들이 나왔군요.

페트루키오

그럼 내 농담이 썰렁하다는 거요?

카타리나

그래요. 그러니 어디 가서 얼어 죽지 말고,

몸을 꼭 따뜻하게 하세요.

페트루키오

인정 많은 카타리나, 내 말이 그 말이오.

당신 침대에서 몸을 따뜻하게 녹이라는 거잖소.

이제 실없는 소리 그만하고 솔직하게 얘기해봅시다.

당신 아버지께서 당신이

내 아내가 되는 것을 허락하셨고,

지참금도 합의가 끝났소.

그러니 당신이 좋든 싫든 난 당신과 결혼할 거요.

케이트, 난 당신에게 딱 맞는 남편감이오.

저 태양 아래서 당신의 아름다운 모습을 보았고,

그 아름다움에 푹 빠져버렸소.
당신은 그 누구도 아닌
이 페트루키오와 결혼해야 해요.
나는 당신을 길들이기 위해 태어난 사람이니까.
들고양이 같은 케이트를
집고양이처럼 온순하게 만들 거요.

(밥티스타, 그레미오,
루첸티오로 변장한 트라니오 등장한다)

페트루키오

저기 당신 아버님이 오시는군요.
절대 청혼을 거절하지 마시오.
난 당신을 아내로 맞이해야 하고,
꼭 그렇게 하고 말 거요.

밥티스타

페트루키오 씨, 내 딸과 이야기는 잘 되었습니까?

페트루키오

잘되지 않을 리가 있습니까?
제가 실패할 이유는 없습니다.

밥티스타

아니, 우리 딸 카타리나, 어찌 된 거냐?

기분이 언짢은 거냐?

카타리나

저한테 딸이라고 하셨어요?
아버지는 다정하고 자애로운 배려가 어떤 것인지
제게 확실히 보여주셨어요.
반미치광이 같은 이런 작자에게
저를 시집보내려 하신 걸 보면요.
욕설을 입에 달고서
자기 뜻대로 모든 걸 밀고 나가려 하는
뻔뻔하고 무뢰한 자라고요.

페트루키오

장인어른, 제가 말씀드리겠습니다.
장인어른과 세상 사람들이
따님을 두고 한 얘기는 모두 잘못됐습니다.
혹여 따님이 말괄량이 짓을 했다면
그건 다 속임수입니다.
따님은 고집도 세지 않고,
비둘기처럼 온순합니다.
성격도 격하지 않고,
고요한 새벽처럼 차분합니다.
참을성을 보자면 제2의 그리셀다*이고,
정숙함을 따지자면 로마의 루크리스**

* 제프리 초서의 《캔터베리 이야기》 속 "옥스퍼드 서생의 이야기"에 나오는 인물로 초인적인 인내심을 보여준 아내.

** 로마의 타르퀴니우스 왕에게 능욕당한 뒤 자결한 여인.

못지않습니다.

결론적으로 저희 두 사람은

일요일에 혼례를 올리기로 뜻을 모았습니다.

카타리나

일요일에 당신이 목매다는 꼴을 먼저 보게 될걸요.

그레미오

들었소, 페트루키오 씨?

그녀는 당신이 목매다는 꼴을

먼저 보게 될 거라고 하오만.

트라니오(루첸티오로 변장)

상황이 이런데도 성공했다고 말하는 겁니까?

어휴, 비앙카에게 청혼하려던

우리 계획은 다 물 건너갔군요.

페트루키오

여러분, 좀 진정하시오.

나는 이 아가씨를 신붓감으로 택했습니다.

그녀와 내가 좋으면 됐지,

여러분이 무슨 상관입니까?

그녀가 다른 사람들 앞에서 계속 말괄량이처럼 구는 건

우리 둘 사이에 합의가 된 일입니다.

케이트가 나를 얼마나 사랑하는지

내가 아무리 말해도 못 믿으실 겁니다.

아, 다정한 케이트!

그녀는 내 목을 끌어안고 연달아 키스를 퍼부으며

맹세에 맹세를 거듭했습니다.

나는 그녀의 반짝이는 눈동자에 푹 빠지고 말았지요.

아, 여러분 같은 풋내기가 어찌 알겠소.

남녀가 단둘이 있을 땐

아무리 순해 빠진 남자라도

고약한 말괄량이를

온순하게 길들일 수 있다는 걸 말이오.

케이트, 내 손을 잡아요.

난 혼롓날 입을 예복을 장만하러

베네치아에 다녀오겠소.

장인어른, 잔치를 준비해주시고

하객들도 초대해주십시오.

케이트는 분명 아름다운 신부가 될 겁니다.

밥티스타

무슨 말을 해야 좋을지 모르겠네만, 자네 손을 잡지.

페트루키오, 자네에게 신의 축복이 있길 바라네.

이로써 두 사람의 약혼이 이루어졌네.

트라니오(루첸티오로 변장)

아멘!

그레미오

우리가 증인이 되겠소.

페트루키오

장인어른, 나의 아내, 그리고 신사 여러분,

잘 지내고 계십시오.

나는 베네치아에 갔다가 신속히 볼일을 마치고

일요일에 돌아오겠습니다.

반지와 장신구들, 멋진 예복을 준비할 겁니다.

케이트, 키스해주시오.

우린 일요일에 결혼하는 거요.

(페트루키오와 카타리나는 각자 다른 문으로 퇴장한다)

그레미오

이렇게 번갯불에 콩 볶아 먹듯 성사되는 약혼도 있소?

밥티스타

여러분, 난 지금 장사꾼으로 치면

위험한 거래에 도박을 건 셈이오.

트라니오(루첸티오로 변장)

속 썩이던 물건이었죠.

묵히면서 썩히느니

이렇게 이득을 얻으시는 게 나을 듯합니다.

밥티스타

내가 바라는 이득은 둘이 결혼해서

별 탈 없이 잘 사는 거요.

그레미오

그 사람은 누가 봐도 큰따님을

별 탈 없이 데려갈 위인이더군요.

그나저나 밥티스타 어르신,

이제 작은따님 얘기를 하시지요.

우린 오랫동안 오늘 같은 날이 오길 고대했습니다.

저는 어르신의 이웃사촌이고,

또 제일 먼저 청혼한 사람입니다.

트라니오(루첸티오로 변장)

저는 말로 형언할 수 없을 만큼

다른 사람은 생각지도 못할 만큼

비앙카를 사랑하는 사람입니다.

그레미오

당신 같은 애송이는

나처럼 뜨겁게 사랑하지 못할 거요.

트라니오(루첸티오로 변장)

노인의 사랑은 뜨겁기는커녕

다 식어 빠졌죠.

그레미오

젊은이의 사랑은 너무 빨리 타올라서

금방 꺼져버리지.

팔팔한 젊은이, 그만 촐랑거리고 물러서게.

자네 나이에는 좀 더 커야 해.

트라니오(루첸티오로 변장)

여인들의 눈에는 젊은이야말로

살아 있는 남자로 보인다죠.

밥티스타

여러분, 그만들 하시오.

이 다툼은 내가 끝내야겠소.

조건을 걸어 승부를 결정할 생각이오.

내 딸이 과부가 됐을 때

두 분 가운데 더 많은 유산을 약속하는 분이

그 애의 사랑을 차지할 거요.

자, 그레미오 씨.

내 딸에게 유산을 얼마나 남기겠소?

그레미오

우선, 어르신도 아시다시피

시내에 있는 저의 집에는

은 식기와 금제 도구가 가득합니다.

따님의 고운 손을 씻을 수 있는

대야와 물병도 갖추어져 있습니다.
페니키아의 유서 깊은 도시 티레에서 직조된
태피스트리*가 벽마다 걸려있고,
상아로 된 돈궤에는
금화가 가득 차 있습니다.

* 여러 가지 색실로 그 림을 짜 넣은 직물로 만든 벽걸이 장식품의 일종.

편백나무 장에는 질 좋은 아라스 직물로 만든
침대보가 들어있고,
값비싼 의복, 침대에 두르는 커튼,
고운 아마포, 진주 박힌 터키산 쿠션,
베네치아 금실로 자수를 놓은 휘장,
주석과 놋쇠로 만든 장식품 등
살림에 필요한 건 없는 게 없습니다.
또 제 농장을 보시면
우유를 짤 수 있는 젖소가 백 마리 있고,
외양간에는 살찐 황소도 백이십 마리 있습니다.
이 모든 게 제가 약속할 수 있는 유산입니다.
솔직히 제 나이가 적지는 않습니다.
그러니 당장 내일이라도 제가 죽으면
이 재산은 모두 따님의 것이 됩니다.
제가 살아있는 동안 따님이
오직 저만의 사람이 된다면 말입니다.

트라니오(루첸티오로 변장)

'오직'이라고 말씀 잘하셨습니다.

밥티스타 어르신, 제 말씀도 들어보십시오.

저는 제 아버지의 오직 하나뿐인

아들이자 상속인입니다.

만일 따님을 아내로 맞게 되면

피사의 부유한 성안에 있는 저택 서너 채를

유산으로 남기겠습니다.

각각의 집들은 그레미오 영감님이

파도바에 가지고 있는 집 못지않을 겁니다.

게다가 비옥한 땅에서 해마다

금화 이천 냥의 수입이 생깁니다.

이 모든 걸 따님께 유산으로 남기겠습니다.

어쩌나, 제가 너무 궁지로 몰았나요,

그레미오 씨?

그레미오

땅에서 해마다 금화 이천 냥의 수입이 생긴다고요?

(방백) 내 땅에서는 전부 다 해도

그만한 돈이 안 나오는데.

그럼 지금 마르세유 항에 정박하고 있는

대형 상선도 따님께 드리겠습니다.

(트라니오에게) 어이쿠,

상선 얘기를 하니 숨이 턱 막히시오?

트라니오(루첸티오로 변장)

그레미오 씨, 제 아버지께 대형 상선이

세 척이나 있다는 건 잘 알려진 사실입니다.

게다가 갈레아스선 두 척과

튼튼한 갤리선이 열두 척이나 있습니다.

이 모든 걸 비앙카 아가씨에게 드리겠다고 약속합니다.

그리고 그레미오 씨가 또 무엇을 제안하든

무조건 그것의 두 배를 약속하겠습니다.

그레미오

아니, 난 이미 전 재산을 걸었소.

더는 가진 게 없소이다.

그녀에게 내 전 재산보다 더 많은 걸

줄 순 없는 노릇 아니오?

(밥티스타에게) 이런 저라도 마음에 드신다면

저와 저의 모든 재산은 따님의 것입니다.

트라니오(루첸티오로 변장)

그럼 굳게 약속하신 대로

따님은 확실히 제 사람이 되는 겁니다.

그레미오 씨가 경쟁에서 졌으니까요.

밥티스타

자네 제안이 더 낫다는 걸 인정하겠네.

자네 부친께서 유산을 약속하는 증서를 써주시면

비앙카는 자네 사람일세.

미안한 말이지만,

만일 자네가 부친보다 먼저 죽는다면

내 딸의 유산은 어찌 되는 건가?

트라니오(루첸티오로 변장)

그건 무의미한 질문입니다.

아버지는 연로하셨고,

저는 이렇게 젊은데요.

그레미오

늙은이만 죽고,

젊은이는 안 죽는다던가?

밥티스타

신사 양반들, 마음을 정했습니다.

모두 아시다시피 돌아오는 일요일 날

큰딸 카타리나가 혼례를 치릅니다.

(트라니오에게) 그다음 일요일에는

비앙카가 자네 신부가 될 걸세.

다만, 그 전에 부친에게 증서를 받아와야 하네.

만일 약속을 어기면 비앙카를

그레미오 씨에게 보낼 걸세.

그럼 나는 이만 가봐야겠소.

두 분 다 고마웠소.

그레미오

살펴 가십시오, 어르신.

(밥티스타 퇴장한다)

그레미오

이제 보니 당신에게 기죽을 일이 아닌 것 같소.

풋내기 도박꾼 같으니라고.

당신 부친이 아들에게 전 재산을 물려주고

말년에 아들 집에 얹혀살며

눈칫밥이나 먹을 바보란 말이오?

쯧쯧, 농담도 잘하시네.

젊은이, 이탈리아의 늙은 여우가

그렇게 호락호락할 리 없소.

(퇴장한다)

트라니오(루첸티오로 변장)

교활하고 쭈글쭈글한 저 낯짝에 벼락이나 떨어져라!

내가 가진 패가 안 좋아도

저런 사람 하나 이기는 것쯤은 식은 죽 먹기야.

이게 다 도련님을 도와주기 위해

내 머릿속에서 나온 생각이란 말이지.

가만있자, 가짜 루첸티오가 있는데
'가짜 빈첸티오'를 아버지로 내세우면
안 될 이유가 있나?
참 재미있는 일이군.
보통은 아버지가 자식을 낳는데
혼사 때문에 자식이 아버지를 낳게 생겼으니.
나만 잘하면 되겠어.
(퇴장한다)

3막

3막 1장

『파도바, 밥티스타의 집』

(가정 교사 캄비오로 변장한 루첸티오,
음악 교사 리티오로 변장한 호르텐시오,
비앙카가 등장한다)

루첸티오(가정 교사 캄비오로 변장)
악사 양반, 작작 좀 하시게.
너무 앞서가지 않소.
이 아가씨 언니에게
어떤 대접을 받았는지 그새 잊었소?

호르텐시오(음악 교사 리티오로 변장)
또박또박 따지기 좋아하는 논리 선생,
이 아가씨는 천상의 화음을 이해하는
귀한 분이란 말이오.
그러니 내가 먼저 가르치게 해주시오.

내가 음악을 한 시간 가르치고 나서

당신도 한 시간 가르치면 되지 않겠소.

루첸티오(가정 교사 캄비오로 변장)

뭐가 먼저고 뭐가 나중인지 분간도 못 하시오?

음악이란 게 왜 생겨났는지도 모르는 답답한 양반.

자고로 음악이란 사람이 공부를 하거나

일을 한 뒤 피로를 풀기 위해 필요한 것 아니겠소?

그러니 철학을 먼저 가르치는 게 맞소.

내 수업이 끝나거든 그때 음악을 가르치시오.

호르텐시오(음악 교사 리티오로 변장)

이봐, 그런 무례는 더 이상 참지 않겠어.

비앙카

어머, 두 분 왜 이러세요?

제가 결정해야 할 문제를 가지고

두 분이 이렇게 다투시면

저를 두 배로 모욕하시는 거예요.

저는 학교에서 회초리 맞는 어린애가 아니랍니다.

정해진 시간표에 얽매이지 않고

제가 받고 싶은 수업을 받겠어요.

그러니 다툼을 멈추고 여기 좀 앉으세요.

(호르텐시오에게) 악기를 꺼내서

잠시 연주하고 계세요.

조율이 다 될 때쯤 이분 수업이 끝날 테니까요.

호르텐시오(음악 교사 리티오로 변장)

조율이 다 되면 저 사람 수업을 끝내시는 거죠?

루첸티오(가정 교사 캄비오로 변장)

(방백) 절대 끝날 리가 없지.

(호르텐시오에게) 악기 조율이나 하시오.

(호르텐시오는 악기를 조율하기 위해 한쪽으로 물러난다)

비앙카

지난 시간에 어디까지 했죠?

루첸티오(가정 교사 캄비오로 변장)

여깁니다, 아가씨.

(책을 보여준다)

Hic ibat Simois,

hic est Sigeia tellus,

Hic steterat Priami regia celsa senis.*

비앙카

해석해주세요.

루첸티오(가정 교사 캄비오로 변장)

'Hic ibat' 전에 말씀드린 대로

'Simois' 나는 루첸티오입니다.

* 오비디우스의 시,
원뜻은 '여기 시모에이스
강이 흐르는 곳, 이곳이 시
게이아 땅이니, 옛 프리아
모스 왕의 드높은 궁전이
여기 서 있었네.'

'hic est' 피사에 사는 빈첸티오의 아들이죠.
'Sigeia tellus' 당신의 사랑을 얻기 위해
이렇게 변장했습니다.
'Hic steterat' 청혼하러 온 그 '루첸티오'는
'Priami' 내 하인 트라니오입니다.
'regia' 내 행세를 하고 있는 겁니다.
'celsa senis' 그레미오 영감을 속이기 위해서요.

호르텐시오(음악 교사 리티오로 변장)

아가씨, 조율이 다 됐습니다.

비앙카

음악을 들려주세요.

(호르텐시오가 연주한다)

비앙카

어머, 음이 높아서 귀가 따갑네요.

루첸티오(가정 교사 캄비오로 변장)

분발해서 다시 조율해보시오.

(호르텐시오는 다시 악기를 조율한다)

비앙카

이번에는 제가 해석해볼게요.

'Hic ibat Simois' 저는 당신을 모릅니다.

'hic est Sigeia tellus' 저는 당신을 믿지 않아요.

'Hic steterat Priami' 저분에게 우리 얘기가

들리지 않도록 주의하세요.

'regia' 큰 기대는 하지 마세요.

'celsa senis' 실망도 하지 마세요.

호르텐시오(음악 교사 리티오로 변장)

아가씨, 다 됐습니다.

(다시 연주한다)

루첸티오(가정 교사 캄비오로 변장)

이번에는 저음이 거슬리는 것 같소.

호르텐시오(음악 교사 리티오로 변장)

저음은 문제없소.

거슬리는 건 당신의 야비한 목소리요.

(방백) 저 철학 선생 녀석이

어쩌나 성미가 불같고 주제넘은지.

내 사랑 비앙카의 환심을 사려고

수작 부리고 있는 게 분명해.

어설픈 선생 녀석,

내가 눈을 부릅뜨고 지켜볼 거야.

비앙카

(루첸티오에게) 머지않아 믿음이 생길 수도 있지만,

아직은 의심이 앞서는군요.

루첸티오(가정 교사 캄비오로 변장)

의심하지 마십시오.

아이아키데스는 트로이 전쟁의 영웅

아이아스가 맞습니다.

그의 조부 이름을 따서 그렇게 불렸지요.*

* 루첸티오는 오비디
우스의 시를 해석하는
척하고 있다.

비앙카

선생님께서 그렇게 말씀하시니 믿어야죠.

안 그러면 의심 때문에

머릿속이 계속 복잡할 테니까요.

오늘 수업은 여기까지 하죠.

리티오 선생님, 이제 선생님 차례예요.

제 마음대로 한다고 부디

언짢게 생각하지 말아주세요.

저는 두 분과 공부하는 게 즐거우니까요.

호르텐시오(음악 교사 리티오로 변장)

(루첸티오에게) 우리끼리 수업할 수 있도록

당신은 나가는 게 좋겠소.

내 음악 수업은 삼중주가 아니란 말이오.

루첸티오(가정 교사 캄비오로 변장)

패나 격식을 따지시는군요.

나는 기다려야겠소.

(방백) 네 녀석에게 속아 넘어가지 않도록

지켜봐야겠어.

음악 선생이란 작자가 비앙카에게

치근거리기라도 하면 큰일이잖아.

(한쪽으로 물러난다)

호르텐시오(음악 교사 리티오로 변장)

아가씨, 악기를 들고 운지법을 익히기 전에

음악의 기초부터 배우셔야 합니다.

제가 아주 간단한 음계를 알려드리겠습니다.

다른 선생들이 주로 쓰는 방식보다

재미있고, 간결하고, 효과적입니다.

여기 자세히 적어왔습니다.

비앙카

어머, 음계는 오래전에 배웠는데요.

호르텐시오(음악 교사 리티오로 변장)

그래도 호르텐시오라고 하는 사람이

쓴 음계를 한 번 보시지요.

(종이를 건넨다)

비앙카

(읽는다)

"음계는 모든 화음의 기본이오.

'레' 호르텐시오의 열정으로 호소하노니,

'미' 비앙카여, 그를 남편으로 맞으시오.

'파도' 애정을 듬뿍 담아 사랑을 바치노니,

'솔레' 음자리표 하나에 음표는 두 개로다.

'라미' 날 측은히 여기지 않으면

차라리 죽어버리겠소."

이게 음계라고요? 전 이런 거 싫습니다.

옛날 방식이 더 좋아요.

별나고 새로운 것을 쫓아 진정한 규칙을 바꾸는 게

썩 좋아 보이진 않는군요.

(하인 등장한다)

하인

아가씨, 나리께서 책은 그만 내려놓고

큰아가씨 신방 꾸미는 걸

도우라고 분부하셨습니다.

내일이 혼렛날이잖아요.

비앙카

그럼 저는 이만 가봐야겠어요.

두 분 선생님, 안녕히 가세요.

루첸티오(가정 교사 캄비오로 변장)

이런, 그럼 저도 여기 더 있을 필요가 없지요.

(비앙카, 하인,

가정 교사 캄비오로 변장한 루첸티오 퇴장한다)

호르텐시오(음악 교사 리티오로 변장)

난 저 철학 선생 녀석의 뒤를 캐봐야겠어.

아무래도 저 녀석이 사랑에 빠진 것 같단 말이야.

하지만 비앙카,

당신이 아무에게나 눈길을 주는 하찮은 여자라면

누구든 당신을 탐내는 자의 손을 잡으시오.

당신이 절개 없는 여자라는 게 밝혀지면

이 호르텐시오는 당신 손을 놓고

다른 상대를 찾아 떠날 테니.

(퇴장한다)

3막 2장

『파도바, 밥티스타의 집』

(밥티스타, 그레미오, 루첸티오로 변장한 트라니오,
카타리나, 비앙카, 가정 교사 캄비오로 변장한 루첸티오,
하인들이 등장한다)

밥티스타
(트라니오에게) 루첸티오 씨,
오늘이 카타리나와 페트루키오의 혼례일이잖소?
그런데 사위 될 사람이 깜깜무소식이니
사람들이 뭐라고 떠들겠소?
예식을 거행해줄 신부(神父)님도 와계시는데
신랑이 없다면 얼마나 조롱거리가 되겠느냔 말이오.
우리가 얼마나 망신스럽겠소?

카타리나
망신스러운 사람은 저라고요.

마음에도 없는 남자와 억지로 결혼해야 하잖아요.

무모하고, 무례하고, 충동적인 남자란 말이에요.

결혼하자고 졸라댈 땐 언제고,

결혼식은 안중에도 없는 모양이네요.

제가 뭐랬어요.

그 사람은 미치광이에 바보처럼 굴지만,

막돼먹은 행동 뒤로 비수 같은 독설을

숨기고 있다고 했잖아요.

아마 그런 어릿광대짓으로 이름을 떨칠 거예요.

수없이 청혼하고, 혼렛날을 잡고,

친구들을 초대하고, 결혼한다고 떠들어대면서도

절대 결혼할 생각 따윈 없는 사람일 거라고요.

이제 세상 사람들이 이 불쌍한 카타리나에게

손가락질하며 수군거리겠죠.

"저기 봐, 미치광이 페트루키오의 아내다."

일단 그가 와서 결혼부터 해야겠지만.

트라니오(루첸티오로 변장)

카타리나 아가씨, 밥티스타 어르신,

좀 더 기다려보시죠.

제가 장담하건대 페트루키오 씨는

일부러 그럴 사람이 아닙니다.

뭔가 불의의 사고가 생겨 제시간에 못 왔을 겁니다.

좀 거친 구석이 있긴 하지만,

아주 현명한 사람입니다.

우스운 소리를 잘하긴 해도

도덕적으로 올곧은 사람이고요.

카타리나

그런 작자를 만나지 않았더라면 좋았을 텐데!

(울면서 퇴장한다)

밥티스타

그래, 들어가 있어라.

우는 너를 탓할 수가 없구나.

그런 상처를 받으면 성인군자라도 못 참을 테지.

너처럼 성질 급한 말괄량이 심정이 오죽할까.

(비온델로 등장한다)

비온델로

나리, 나리, 기별이 왔습니다!

한 번도 들어본 적이 없는 '낡은' 기별이요!

밥티스타

낡은 기별이라니, 대체 그게 무슨 소리냐?

비온델로

페트루키오 나리가 오고 있다는 게

기별이 아니고 뭐겠습니까?

밥티스타

그가 왔단 말이냐?

비온델로

아닙니다, 나리.

밥티스타

그럼 그게 무슨 말이냐?

비온델로

지금 오고 있습니다.

밥티스타

언제 여기 도착한다고 하더냐?

비온델로

제가 서서 나리를 바라보고 있는 여기 이 자리에

그분이 딱 나타날 때가 도착하는 시간입니다.

트라니오(루첸티오로 변장)

그런데 네가 말한 낡은 기별이란 건 무엇이냐?

비온델로

그러니까 페트루키오 나리를 태운 말이

오고 있긴 한데 사람도 말도 꼴이 말이 아닙니다.

나리는 새 모자에 낡은 재킷을 걸쳤고,

바지는 바로 입었는지 뒤집어 입었는지도

모를 만큼 낡았습니다.

장화는 구석에 처박아 놓고,
자질구레한 물건을 넣어두던 걸 신고 온 듯한데
한쪽은 버클을 채웠고,
다른 한쪽은 끈으로 질끈 묶었답니다.
마을 무기고에서 꺼내 온 듯한 녹슨 칼을 들고 왔는데
칼자루는 망가진 데다 칼날도 없습니다.
양말 대님도 두 군데나 끊어져서 매듭투성이고요.
타고 오는 말은 더 가관입니다.
뒷다리를 절룩거리고, 낡은 안장은 좀먹은 데다
발을 거는 등자는 아주 생뚱맞아 보입니다.
게다가 전염병에 걸렸는지
코와 입에서 분비물이 줄줄 흐르고,
등뼈도 성치 않은 듯하고, 주둥이도 부어올랐습니다.
다리엔 염증이 생겨서 여기저기 종기투성이에
연골마다 곪아 터졌고,
황달로 꼴이 말이 아니에요.
이하선염에 걸렸는지 귀가 퉁퉁 부었는데
고치기는 틀린 듯하고,
어지럼병에 걸린 듯 완전히 쓸모없어 보이고,
내장엔 기생충이 들끓을 것 같습니다.
등은 건들거리고, 어깨는 비딱하고,
앞다리는 안짱다리예요.

재갈은 엉성하고,
굴레끈*은 싸구려 가죽으로 만들어졌는데
말이 발을 헛디딜까 봐
이 굴레 끈을 하도 잡아당겨서
여기저기 터진 곳을
묶어서 고쳐놨더라고요.
안장을 매는 뱃대끈** 하나는
여섯 군데나 수선했고,
꼬리 밑으로 돌려 안장을 매는 끈은
어떤 여자가 쓰던 벨벳으로 만들었는지
여자 이름 두 글자가 또렷이 박혀 있고,
여기저기 끊어졌던 자국이 있습니다.

* 말이나 소 따위를 부리기 위하여 머리와 목에서 고삐에 걸쳐 얽어매는 줄.

** 말이나 소의 안장이나 길마를 얹을 때 배에 걸쳐서 졸라매는 줄.

밥티스타

누구와 같이 오던가?

비온델로

하인이 같이 오고 있습니다.
하인의 행색도 말과 다를 바가 없습니다.
한쪽 다리에는 아마포 양말을 신었고,
또 한쪽 다리에는 성긴 모직 양말을 신었는데
양말 대님이 아주 울긋불긋합니다.
낡은 모자를 썼는데 깃털 장식 대신
꼴사나운 리본이 마흔 개나 달려있답니다.

차림새가 하도 괴상해서
점잖은 신사의 하인처럼 보이지 않습니다.

트라니오(루첸티오로 변장)

그 사람이 무슨 변덕이 나서
옷을 그리 괴상하게 입었는지 모르겠지만,
더러 초라한 행색으로 돌아다니는 걸 보긴 했습니다.

밥티스타

몰골이야 어떻든 그가 오는 것만도 다행이오.

비온델로

나리. 그분이 오는 게 아닙니다

밥티스타

방금 네가 온다고 하지 않았느냐?

비온델로

누구요? 페트루키오 나리가 온다고요?

밥티스타

그래, 페트루키오가 온다고 했다.

비온델로

아닙니다, 나리.
저는 그분의 말이 그분을 등에 태우고
오고 있다고 했습니다.

밥티스타

그 얘기가 그 얘기 아니냐?

비온델로

이런 노래도 있습니다요.

"그건 절대 아니라오. 동전 한 닢 걸겠소~♪

말 한 마리와 사람 하나는 하나보단 많지만,

그래도 많은 건 아니라오~♬"

(페트루키오와 그루미오 등장한다)

페트루키오

이리 오너라.

멋진 신사분들은 다 어디 가셨나?

아무도 없소?

밥티스타

잘 왔네.

페트루키오

그렇게 잘 오지는 못했습니다.

밥티스타

그래도 몸이 상한 데가 없으면 됐네.

트라니오(루첸티오로 변장)

좀 더 잘 차려입고 올 줄 알았소.

페트루키오

차림은 이래도 서둘러 왔으니 된 거 아니오?

그런데 케이트는 어디 있습니까?

사랑스러운 내 신부는 어디 있는 겁니까?

장인어른, 어찌 그러십니까?

신사분들도 나를 보고 얼굴을 찡그리는 것 같습니다만,

우리를 왜 그런 눈으로 보는지 모르겠군요.

마치 놀라운 사건이나 혜성같이

신기한 일을 본 사람들처럼 말이오.

밥티스타

자네도 오늘이 혼롓날인 건 알고 있나?

처음에는 자네가 오지 않을까 봐

걱정이 이만저만이 아니었는데,

지금은 아무 준비도 없이 나타난 자네를 보니

더욱 걱정스럽네.

쯧쯧, 그 옷들 좀 벗어버리게.

차림새가 신분에 어울리지 않게 망신스럽잖은가.

엄숙해야 할 예식에서 꼴사나워 보이겠네.

트라니오(루첸티오로 변장)

도대체 얼마나 중요한 일이 있었기에

이렇게 오랫동안 신부를 기다리게 한 거요?

또 왜 그렇게 당신답지 않은 몰골로 나타났는지

얘기 좀 해보시오.

페트루키오

말해봐야 따분하고, 듣기 거북할 거요.

의도치 않게 조금 늦기는 했지만,

이리 왔으니 된 것 아니오?

짬이 나면 모두가 납득할 수 있게 설명하겠소이다.

그런데 케이트는 어디 있습니까?

신부를 너무 오래 기다리게 했습니다.

이러다 아침나절이 다 가겠군요.

우리도 어서 성당으로 갑시다.

트라니오(루첸티오로 변장)

그렇게 실례되는 복장으로 신부를 만나면 되겠소?

내가 묵는 방으로 갑시다.

내 옷을 빌려드리리다.

페트루키오

아니, 괜찮소. 이대로 그녀에게 갈 거요.

밥티스타

설마 그 꼴로 내 딸과 결혼하려는 건 아니겠지.

페트루키오

실은 이러고 결혼할 생각입니다.

그러니 더는 말씀하지 마십시오.

따님은 저와 결혼하는 것이지

제 옷과 결혼하는 게 아닙니다.

할 수만 있으면 따님이 입을 옷도 바꿔주고 싶습니다.

저처럼 이렇게 허름한 옷으로요.

그게 케이트에게도 좋고, 저에게도 더 좋습니다.

이런, 제가 바보처럼 수다만 늘어놓았군요.

어서 가서 신부에게 아침 인사를 하고

사랑스러운 입맞춤으로

아내를 맞이해야 하는데 말입니다.

(페트루키오와 그루미오 퇴장한다)

트라니오(루첸티오로 변장)

그가 괴이한 차림새로 온 데는

뭔가 다른 뜻이 있을 겁니다.

어쨌든 그를 달래서 성당으로 가기 전에

좀 더 멀쩡한 옷으로 갈아입으라고 해야겠습니다.

밥티스타

난 그를 쫓아가서 이 일이

어찌 흘러가는지 살펴봐야겠소.

(루첸티오로 변장한 트라니오,

가정 교사 캄비오로 변장한 루첸티오만 남고

모두 퇴장한다)

트라니오(루첸티오로 변장)

도련님,

비앙카 아가씨의 사랑을 얻는 것도 중요하지만,

먼저 그 아버지의 호감을 얻어야 해요.

그래야 결혼 승낙을 받아내죠.

그러려면 제가 전에 말씀드렸듯이

사람을 하나 구해야 합니다.

누가 됐건 그건 중요하지 않아요.

우리가 목적에 맞게 준비시키면 되니까요.

그 사람이 '피사의 빈첸티오'가 되어

여기 파도바에서 우리에게 필요한

증서를 만들어줄 겁니다.

제가 약속한 것보다 더 많은 유산을

남겨주겠다는 내용을 담아서요.

그러니 도련님은 부푼 희망 속에

마음 편히 지내시다가 결혼 승낙을 얻어

아름다운 비앙카 아가씨와 결혼하시면 됩니다.

루첸티오(가정 교사 캄비오로 변장)

그런데 또 다른 선생 놈이

비앙카의 행동 하나하나를

아주 유심히 지켜보고 있어.

그놈만 아니면 우리 둘이
남들 몰래 결혼할 수 있을 텐데.
일단 결혼하고 나면
온 세상이 안 된다고 반대해도
내 사랑을 지킬 수 있을 테니까.

트라니오(루첸티오로 변장)

그 문제도 차차 생각해보고,
이 일에서 우리에게 유리한 기회를 엿봐야 해요.
우린 그레미오 영감은 물론이고,
빈틈없이 경계하는 밥티스타 어르신과
교활한 바람둥이 음악 선생 리티오 녀석도 속일 거예요.
이게 다 우리 루첸티오 도련님을 위한 일이니까요.

(그레미오 등장한다)

트라니오(루첸티오로 변장)

그레미오 씨, 성당에서 오시는 길입니까?

그레미오

하굣길 아이처럼 부리나케 돌아오는 길이요.

트라니오(루첸티오로 변장)

신랑과 신부도 집으로 오고 있습니까?

그레미오

신랑이라고 했소?

말도 마시오. 잡놈이 따로 없습디다.

또 어찌나 툴툴거리는지

그 말괄량이가 임자 만났지 뭐요.

트라니오(루첸티오로 변장)

설마 그 여자보다 성질이 더 고약할까요?

에이, 그럴 리가요.

그레미오

세상에, 그는 악마요, 악마.

정말 미치광이가 따로 없다니까.

트라니오(루첸티오로 변장)

아니, 그 여자가 악마지요.

악마보다 더 고약한 그 악마의 어미지요.

그레미오

쯧쯧, 그 사람 앞에서 카타리나는

어린양이자 비둘기였고, 숙맥이었소.

루첸티오 씨, 내 말 좀 들어보시오.

신부님이 카타리나를

아내로 맞이하겠느냐고 물으시니까,

그자가 "네, 제기랄!"이라고 소리를 꽥 질렀다오.

그 바람에 다들 어찌나 놀랐는지

신부님도 놀라셔서 성경책을 떨어뜨렸지 뭐요.
신부님이 몸을 굽혀
바닥에 떨어진 성경책을 집으려는 순간,
이 미치광이 신랑이 느닷없이
신부님을 후려치지 뭡니까.
그래서 신부님도 성경책도 다 나가떨어졌다오.
그러니까 그자가 이렇게 엄포를 놓더이다.
"자, 누구든 신부와 성경책에 손을 댈 테면 대 봐!"

트라니오(루첸티오로 변장)

신부님이 일어섰을 때 그 여자가 무슨 말을 하던가요?

그레미오

벌벌 떨기만 했소.
신부님이 무슨 몹쓸 짓이라도 한 것처럼
신랑이 발을 쾅쾅 구르고 욕을 해댔거든.
그러던 신랑이 예식이 다 끝나자
포도주를 내오라고 하더니 '건배!'를 외쳤소.
마치 배 위에서 폭풍우를 이겨낸 뒤 동료 선원들과
떠들썩하게 잔치를 벌이는 사람처럼 말이오.
그런데 잔에 든 포도주를 쭉 마시고는
교회 관리인의 얼굴에
포도주 적신 케이크 조각들을 냅다 던지지 뭐요.
달리 이유가 있는 것도 아니었소.

교회 관리인의 얼굴이 수염도 적은 데다
궁색해 보여서 신랑이 술을 마실 때
케이크 조각을 먹고 싶어 하는 것 같았다나 뭐라나.
그러고는 신부의 목을 끌어안더니
어찌나 요란하게 입을 맞추던지
입술이 붙었다 떨어지는 쪽 소리가
온 성당 안에 울렸다오.
이 광경을 보고 너무 남사스러워서
바로 그곳을 나왔소.
내가 나온 뒤 다른 하객들도 따라 나왔을 거요.
그런 미치광이 같은 결혼식은 난생처음이라오.
(음악이 흘러나온다)
저 소리 들리오? 악사들이 연주하기 시작했군.

(페트루키오, 카타리나, 비앙카, 밥티스타,
음악 교사 리티오로 변장한 호르텐시오,
그루미오와 하인들 등장한다)

페트루키오

하객 여러분, 이렇게 와주셔서 감사합니다.
오늘 저희와 함께 식사하실 거로 생각하고
피로연 음식을 푸짐하게 준비하신 거 압니다.

그런데 급한 일이 있어서 저희는 이만 떠나야겠습니다.

밥티스타

혼롓날 밤에 떠나는 게 말이 되는가?

페트루키오

오늘 꼭 가야 하니 어두워지기 전에 출발하겠습니다.

그리 당황하지 마십시오.

무슨 일 때문인지 아시면 여기 더 있지 말고

어서 가라고 등을 떠미실 테니까요.

와주신 모든 분들께 다시 한번 감사드립니다.

여러분 덕분에 이렇게 참을성 있고,

상냥하고, 정숙한 여인이 제 사람이 됐습니다.

피로연은 장인어른과 하시고,

저를 위해 건배해주십시오.

저는 이만 작별을 고해야겠습니다.

트라니오(루첸티오로 변장)

저녁 식사라도 하고 떠나면 안 되겠소?

페트루키오

안 됩니다.

                          그레미오

                내가 이렇게 사정하겠소.

페트루키오

안 된다니까요.

카타리나

나도 사정할게요.

페트루키오

그건 좋소.

카타리나

머물러도 좋다는 말인가요?

페트루키오

머물러달라고 당신이 사정하는 게 좋다는 말이오.

하지만 당신이 아무리 사정해도

우리는 여기 머무를 수 없소.

카타리나

나를 사랑한다면 여기 머물러요.

페트루키오

그루미오, 말 준비해라.

그루미오

네, 나리. 준비되었습니다.

귀리도 실컷 먹여놓았고요.

카타리나

그럼 당신 마음대로 하세요.

난 오늘 안 갈 테니까.

내일도 가지 않을 거예요.

마음이 내키기 전에는 꼼짝도 않겠어요.

문은 열려 있으니 어서 가세요.

실컷 돌아다니라고요.

난 마음이 변하기 전에는 절대 안 가요.

결혼하자마자 다 자기 멋대로 하려는 걸 보니

얼마나 무례한 남편이 될지 뻔하군요.

페트루키오

케이트, 진정해요.

제발 화내지 말아요.

카타리나

어떻게 화를 안 내요?

급한 일이란 게 도대체 뭐예요?

아버지는 가만히 좀 계세요.

저이는 제 마음이 바뀔 때까지

기다려야 할 거예요.

그레미오

슬슬 고삐를 죄기 시작하는군.

카타리나

여러분, 피로연장으로 가시죠.

여자가 너무 고분고분하면

바보 취급 당하기 십상이라니까요.

페트루키오

케이트, 당신이 그리 말했으니

하객들은 피로연장으로 갈 거요.

여러분, 어서 신부의 뜻을 따르시오.

축하 잔치에 가서 유쾌하게 마시고 즐기시길 바랍니다.

순결한 신부를 축복하며 술잔을 비우셔야 합니다.

미친 듯이 즐기지 않으면 내가 가만히 있지 않겠습니다.

하지만 아리따운 케이트는 나와 함께 가야 합니다.

케이트, 그렇게 반항하듯 보지 말고 발을 구르지도 마시오.

나를 째려보며 안달해도 소용없소.

나는 내 사람의 주인이 될 거요.

이 여자는 내 소유고 내 재물이오.

이 여자가 곧 내 집이고, 살림살이고, 땅이고, 외양간이오.

또 내 황소, 말, 당나귀, 내 전부란 말이오.

여기 서 있는 내 아내에게 누구든 손만 대보시오.

파도바에서 내 앞길을 막는 자는

아무리 기세등등한 자라도 가만두지 않겠소.

그루미오, 칼을 뽑아라.

우리는 도적놈들에게 포위됐다.

네가 사내라면 어서 아씨를 구해라.

어여쁜 부인, 겁내지 마시오.

아무도 당신에게 손대지 못할 거요.

무수한 도적 떼가 몰려와도 내가 다 막아내겠소.

(페트루키오, 카타리나, 그루미오 퇴장한다)

밥티스타

저 애들을 그냥 보내줍시다.

아주 점잖은 한 쌍이구려!

그레미오

저 사람들이 더 있었으면 전 웃다가 쓰러졌을 겁니다.

트라니오(루첸티오로 변장)

결혼식에서 이런 난리굿은 처음 봅니다.

루첸티오(가정 교사 캄비오로 변장)

비앙카 아가씨는 언니를 어떻게 생각하십니까?

비앙카

언니가 미쳤으니 저런 미치광이와 결혼했겠죠.

그레미오

내가 장담하는데 페트루키오는 틀림없이

남자 케이트예요.

둘이 아주 잘 만났습니다.

밥티스타

여러분, 비록 신랑과 신부는 이 자리에 없지만,

잔칫상에는 음식이 풍족하게 마련되어 있습니다.

루첸티오, 자네가 신랑 자리에 앉고.

비앙카, 네가 언니 자리에 앉거라.

트라니오(루첸티오로 변장)

사랑스러운 비앙카에게 신부 예행연습을 시키시는 겁니까?

밥티스타

그렇다네, 루첸티오.

여러분, 어서 갑시다.

(모두 퇴상한다)

4막

4막 1장

『페트루키오의 시골집』

(그루미오 등장한다)

그루미오
쯧쯧, 말은 온통 지쳐 나자빠지고,
나리 부부는 온통 미치광이 같고,
진창길은 온통 질퍽질퍽하고!
나처럼 혼이 쏙 빠진 사람이 또 있을까?
누가 또 이렇게 꼬질꼬질하고,
이렇게 몸이 고달프겠어?
나더러 먼저 가서 불을 피워 놓으라는 걸 보니
자기들은 나중에 와서
따뜻한 불에 몸을 녹이겠다는 심산이지.
내가 작은 뚝배기처럼 금방 데워지니 망정이지.
하마터면 불은 피워보지도 못하고

온몸이 얼어붙을 뻔했잖아.

입술은 이빨에, 혀는 입천장에,

심장은 등짝에 쩍 들러붙었을걸.

어쨌든 얼른 불을 피워 달래서 몸 좀 녹여야겠다.

날씨를 보니 나보다 크고 지체 높으신 분들은

감기 걸리기 딱 좋겠어.

이보게, 커티스!

(커티스 등장한다)

커티스

누가 그렇게 얼음장 같은 목소리로 부르는 거요?

그루미오

얼음 조각일세.

못 믿겠으면 내 어깨에서 발끝까지

손바닥으로 쓸어보게.

쭉 미끄러질 테니.

머리에서 목덜미로 내려갔나 싶은데

벌써 발끝일걸.

커티스, 불 좀 피워주게.

커티스

주인 나리와 아씨는 오시는 중인가?

그루미오

그래. 그러니까 불, 불, 불 좀!

아니, 불을 지르라는 게 아니라 피우라고.

커티스

아씨는 소문대로 그렇게 괴팍한 말괄량이신가?

그루미오

그랬었지. 이번에 된서리를 맞기 전까지는 말일세.

하지만 자네도 알다시피 혹독한 겨울은

여자든 남자든 짐승이든 다 길들이지 않나.

우리 주인과 새 안주인, 그리고 나와 자네를

길들였듯이 말이야.

커티스

뭐야?

이 세 뼘도 안 되는 바보 녀석이

나를 짐승 취급하네.

그루미오

내가 세 뼘도 안 된다고?

그러는 자넨 뿔이 한 자는 되는가?

난 적어도 그 정도는 되네.

그건 그렇고, 불 좀 피워주겠나?

안 그러면 아씨께 일러바쳐야겠네.

지금 손만 뻗으면 닿는 데까지 오셨으니

곧 아씨의 매운 손맛을 볼 수 있을 걸세.

아주 오싹할 거야.

그래도 불 피우는 걸 꾸물거릴 텐가?

커티스

그루미오, 세상 돌아가는 얘기 좀 해봐.

그루미오

자네가 불을 피워줄 이곳 말고는

세상이 다 꽁꽁 얼어붙었네.

그러니 어서 불 좀 피우게.

자네가 할 일을 해야 대가가 있지.

나리와 아씨가 얼어 죽을 지경이라니까.

커티스

이보게, 불은 다 피웠네.

그러니 바깥소식 좀 전해주게.

그루미오

"소식이 왔어요, 따끈따끈한 소식이 왔어요!"

소식이야 아주 많지.

커티스

자네는 협잡꾼들 얘기도 많이 알고 있지?

그루미오

그러니까 옆에다 불 좀 놔주게.

내가 지독한 감기에 걸려서 그래.

그런데 요리사는 어디 있나?

저녁 식사는 준비됐고?

집 안 단장은 어찌 됐어?

바닥에 깔개를 깔고, 거미줄은 다 걷어냈나?

하인들은 새 옷으로 갈아입고,

흰 양말을 신으라고 했어?

가사 담당 하인들에게는

제일 좋은 예복을 입으라고 했겠지?

술잔은 안팎으로 잘 닦아놓고,

테이블보도 깔아 놨어?

차질 없이 준비 했느냔 말이야?

커티스

다 준비됐으니 어서 이야기보따리나 풀어봐.

그루미오

들어보게.

우선 말이 지쳐서

나리와 아씨가 말에서 떨어지셨네.

커티스

저런, 어쩌다?

그루미오

안장에서 미끄러져 진흙탕으로 떨어졌지.

거기에는 다 사정이 있었네.

커티스

어서 얘기해보게.

그루미오

귀 좀 대보게.

커티스

여기있네.

그루미오

나도 여기있다!

(커티스의 귀를 철썩 때린다)

커티스

아야, 얘기를 듣는 게 아니라 몸으로 느끼라는 건가?

그루미오

그래서 이런 걸 몸으로 느끼는 얘기라고 하지.

내가 때린 건 잘 들으라고

자네 귀를 두드린 것뿐이네.

자 시작하지.

처음에 우리는 질척질척한 언덕길을 내려오고 있었어.

나리와 아씨는 말 위에 앞뒤로 앉아 계셨지.

커티스

두 분이 같은 말을 타셨다고?

그루미오

그게 어째서?

커티스

사람은 둘인데 말은 한 마리니까.

그루미오

그럼 자네가 얘기하게.

뭐, 자네가 끼어들지만 않았다면

어쩌다 그 말이 쓰러졌고

아씨가 그 밑에 깔렸는지

얘기해줬을 텐데 참 안됐구먼.

땅은 얼마나 질퍽질퍽했고,

아씨가 얼마나 진흙투성이가 됐는지도.

나리는 말 밑에 깔린 아씨는 내버려 두고

말이 넘어지게 두었다고 나를 어찌나 때렸는지

그 바람에 아씨가 얼마나 힘겹게 진흙탕을 걸어와

내게서 나리를 떼어내려 했는지 모를 걸세.

나리가 욕을 해대니까

한 번도 빌어본 적 없는 아씨가 얼마나 빌었는지,

또 나는 얼마나 울었는지.

어떻게 말이 도망을 쳤고, 고삐가 끊어졌는지,

안장 매는 끈은 어쩌다 잃어버렸는지도

다 얘기했을 텐데.

자네 때문에 다른 중요한 기억도 다 잃어버려서

영영 망각 속에 묻힐 걸세.

자네는 끝내 아무것도 듣지 못한 채
무덤에 묻힐 테고.

커티스

자네 얘기를 들으니
나리가 아씨보다 성질이 더 고약하신데.

그루미오

그래. 나리가 돌아오시면 자네도 알고
아무리 겁 없는 녀석이라도 다 알게 될 거야.
나 좀 봐! 지금 이렇게 노닥거릴 때가 아니지.
나다니엘, 요셉, 니콜라스, 필립, 월터, 슈가숍하고
나머지 하인들 다 부르게.
모두 머리를 단정히 빗고,
푸른색 제복은 솔질해서 입고,
양말 대님은 어울리는 걸로 매라고 하게.
왼쪽 다리를 뒤로 빼고
무릎 굽혀 인사하는 것도 잊지 말고.
나리와 아씨 손에 입 맞추기 전에는
두 분이 타고 온 말은
꼬리털 하나도 건들지 말라고 하게.
다들 준비됐겠지?

커티스

모두 준비됐네.

그루미오

그럼 나오라고 하게.

커티스

(큰소리로 부른다)

내 말 들리는가? 어서들 나오게.

나리를 맞이하고, 아씨 얼굴도 세워드려야지.

그루미오

무슨 소린가?

아씨 얼굴은 알아서 잘 서 있는데.

커티스

누가 그걸 모르나?

그루미오

자네가 사람들을 부르면서

아씨 얼굴을 세워드리라고 했잖아.

커티스

나는 아씨 체면을 세워드리라고 말한 거지.

그루미오

아씨가 체면치레하러 오시는 것도 아닌데

뭘 체면은 따지고 그래.

(하인들 등장한다)

나다니엘

그루미오, 집에 잘 돌아왔네.

필립

잘 지냈나, 그루미오?

요셉

이야, 그루미오!

니콜라스

우리 친구, 그루미오!

나다니엘

잘 다녀왔어, 친구?

그루미오

어서들 오게. 아, 자네도 왔군!

자네는? 잘 지냈나? 어이, 자네군!

자, 인사는 이쯤 하지.

말쑥하게 차려입은 동료들,

모든 게 말끔하게 준비됐겠지?

나다니엘

모두 준비됐네. 나리는 어디쯤 오셨는가?

그루미오

거의 다 오셨네. 지금쯤 말에서 내리셨을걸.

그러니 경거망동하지 말게.

쉿, 나리가 오시는 소리가 들리네.

(페트루키오와 카타리나 등장한다)

페트루키오

이놈들은 다 어디 갔어?

마중 나와서 등자를 잡아주는 놈 하나 없고,

말을 끌어다 놓을 놈도 없으니 이렇게 된 거야?

나다니엘, 그레고리, 필립, 어디 있느냐?

하인들

여기요! 여기 있습니다.

나리! 저도 여기 있습니다.

페트루키오

'여기요, 나리! 저기요, 나리!'

버릇없는 돌대가리들, 뭐가 어쩌고 어째?

어찌 나와서 기다리고 있는 놈이 하나도 없단 말이냐?

주인을 받들지도 않고, 제 할 일도 내팽개치고?

내가 먼저 보낸 멍청이는 어디 있느냐?

그루미오

그 멍청이 여기 있습니다요, 나리.

페트루키오

촌무지렁이 같은 놈, 이 근본도 모르는 놈아!

이 멍청한 놈들을 데리고 마당으로

마중 나오라고 하지 않았느냐?

그루미오

나리, 나다니엘의 제복이 다 만들어지지 않은 데다
가브리엘의 신발 굽 장식이 떨어져 나갔지 뭡니까?
피터의 모자는 손질이 덜 됐고,
월터의 검은 칼집에서 빠지질 않습니다.
아담과 라파엘, 그레고리 말고는
멀쩡한 녀석이 없다니까요.
나머지는 모두 누더기를 걸친 늙은 거지꼴이었어요.
그래도 저렇게 준비하고
여기까지 나리를 맞으러 나오긴 했습니다.

페트루키오

이놈들아, 썩 물러가고 저녁 식사나 내오너라.

(하인들 퇴장한다)

페트루키오

(노래한다)
지난날의 내 삶은 어디로 갔을까~♩
내 지난날은 어디에~♪
케이트, 이리 앉으시오.
집에 온 것을 환영하오.

(두 사람은 식탁에 앉는다)

어서 음식을 내와라!

도대체 언제까지 기다리게 할 거냐?

(하인들이 음식을 내온다)

저런, 마음씨 고운 케이트, 마음 편히 있어요.

이놈들아, 내 신발을 벗겨라.

멍청이들, 언제까지 기다리게 할 참이냐?

(노래한다)

잿빛 수사복을 입은 수도사가 길을 걸어가다가~ ♬

(하인이 페트루키오의 신발을 벗기기 시작한다)

이 불한당 같은 놈, 저리 비켜라!

내 발을 아예 뽑을 작정이냐?

한 대 맞아야겠다.

(하인을 때린다)

다른 쪽은 좀 제대로 벗기거라.

케이트, 마음 편히 있어요.

여봐라, 물을 가져오너라. 뭐 하느냐!

(하인이 물을 들여온다)

내 강아지 트로일루스는 어디 있느냐?

참, 너는 어서 가서 페르디난드 사촌을 모셔오너라.

(하인 한 명 퇴장한다)

페트루키오

케이트, 그는 당신이 인사 나누고

알고 지내야 하는 사람이라오.

내 슬리퍼는 어디 있느냐?

물을 이리 다오. 케이트, 이리 와서 손을 씻어요.

당신이 와서 정말 기뻐요.

이 망나니 녀석아, 대야의 물을 쏟을 뻔하지 않았느냐?

(하인을 때린다)

카타리나

제발 참아요. 실수로 그런 거잖아요.

페트루키오

근본도 모르는 멍청한 놈!

케이트, 당신은 이리 와서 앉아요.

아주 시장할 거요.

감사 기도는 당신이 드리겠소?

아니면 내가 할까?

아니, 이건 뭐냐? 양고기냐?

하인 1

네, 나리.

페트루키오

누가 이것을 내왔느냐?

피터

제가 내왔습니다.

페트루키오

왜 이리 태웠느냐? 다른 고기도 다 태웠구나.

이런 정신 나간 놈들을 봤나.

멍청한 요리사 놈은 어디 있느냐?

괘씸한 놈들, 내가 싫어하는 걸 알면서도

감히 이런 고기를 가져와서 내 앞에 내놓다니.

여봐라, 이 접시랑 컵들 다 치워라.

(하인들에게 음식과 접시를 내던진다)

생각 없는 멍청이들, 버릇없는 놈들 같으니라고.

뭐? 네 놈이 뭐라 툴툴거린 거냐?

당장 버릇을 고쳐주마.

(하인들 내빼듯 퇴장한다)

카타리나

여보, 제발 그렇게 흥분하지 말아요.

당신만 트집 잡지 않았으면

고기는 먹을 만해 보였어요.

페트루키오

케이트, 바싹 타서 말라비틀어진 고기였소.

특히 그렇게 탄 고기에 손대는 건 금물이오.

탄 고기는 짜증을 일으키고 화를 돋운단 말이오.

우리 둘 다 걸핏하면 화를 내니

바싹 탄 고기를 먹으려면 차라리 굶는 게 나을 거요.

좀 참아요. 내일은 나아질 테니.

오늘 밤은 우리 같이 굶읍시다.

이리 와요. 당신 침실로 안내하겠소.

(모두 퇴장하자
하인들이 서로 다른 곳에서 하나둘씩 등장한다)

나다니엘

피터, 전에도 나리가 저러는 걸 본 적 있나?

피터

나리가 아씨처럼 성질부려서 기를 죽이려는 모양이야.

(커티스 등장한다)

그루미오

나리는 어디 계셔?

커티스

아씨 처소에.

자제심에 대해 설교하시면서
어찌나 꾸짖고 잔소리를 하시는지
불쌍한 아씨는 안절부절못하고 계시네.
어디에 눈길을 줘야 할지
무슨 말을 해야 할지 몰라 갈팡질팡하시다가
꿈에서 막 깬 사람처럼 멍하니 앉아만 계셔.
어이쿠, 얼른 피하게, 저기 나리가 오시네.

(하인들 퇴장하고, 페트루키오 등장한다)

페트루키오
내가 빈틈없이 주도권을 쥐게 됐으니
성공적으로 마무리되면 좋겠군.
매처럼 사나운 아내는 몹시 허기져서 쓰러질 지경일 거야.
먹이를 향해 달려들기 전에는 배를 채워주지 말아야 해.
배가 부르면 미끼를 쳐다보지도 않을 테니까.
이 사나운 매가 사육사의 부름에 곧장 따르도록
훈련할 방법이 또 하나 있지.
날개를 푸드덕거리며 주인을 따르지 않는 매를
길들일 때처럼 아내도 잠을 못 자게 하는 거야.
아내는 오늘 아무것도 먹지 못했고, 계속 굶게 될 거야.
간밤에 한숨도 못 잤고, 오늘 밤에도 잠들긴 힘들 테지.

음식으로 트집 잡은 것처럼

침대 정리를 가지고 생트집을 잡을 테니까.

베개와 쿠션을 이리저리 내던지고,

이불보와 시트도 내동댕이쳐야지.

이렇게 소란을 피우면서 이 모든 게

아내를 존중하고 배려하기 위해서라고 말하는 거야.

결국 아내는 밤새 뜬눈으로 앉아있을 거란 말이지.

만일 꾸벅꾸벅 졸기라도 하면

시끄럽게 야단치고 소리 질러서 한숨도 못 자게 할 거야.

이게 친절로 아내의 성질을 꺾는 방법이지.

이런 식으로 아내의 괴팍하고

고집불통인 성질을 고쳐놓을 거야.

말괄량이를 길들이는 데 더 나은 방법을 아시는 분은

어디 말씀 좀 해보시오. 재능 기부가 별거요?

(퇴장한다)

4막 2장

『파도바, 밥티스타의 집 앞』

(루첸티오로 변장한 트라니오,
음악 교사 리티오로 변장한 호르텐시오 등장한다)

트라니오(루첸티오로 변장)

리티오 씨, 비앙카 아가씨가 나 말고

다른 사람을 좋아하는 게 있을 수 있는 일이오?

정말 그렇다면 그녀는 나를 보기 좋게 기만한 거요.

호르텐시오(음악 교사 리티오로 변장)

내 말을 확인시켜 줄 테니

여기 서서 그자가 어떻게 가르치는지 지켜보시오.

(두 사람은 한쪽으로 물러선다.
비앙카, 가정 교사 캄비오로 변장한 루첸티오 등장한다)

루첸티오(가정 교사 캄비오로 변장)

아가씨, 읽어드린 내용은 도움이 되셨나요?

비앙카

선생님, 무엇을 읽어주신 거죠?

그것 먼저 대답해주세요.

루첸티오(가정 교사 캄비오로 변장)

제가 가르치는 책 오비디우스의

《사랑의 기술》을 읽어드렸습니다.

비앙카

그럼 선생님이 그 기술의 달인이시라는 걸

증명해주세요.

루첸티오(가정 교사 캄비오로 변장)

아름다운 아가씨께서

제 심장의 주인이 되어주신다면요.

(두 사람은 한쪽으로 옮겨 입 맞추고 사랑을 속삭인다)

호르텐시오(음악 교사 리티오로 변장)

과연 발 빠른 작자군요. 어디 말해보시오.

저런데도 당신이 사랑하는 비앙카가

이 세상에서 루첸티오 말고는

아무도 사랑하지 않는다고 맹세할 수 있겠소?

트라니오(루첸티오로 변장)

아, 심술궂은 사랑,

여자의 마음은 갈대와 같다더니.

리티오 씨, 정말 충격이군요.

호르텐시오(음악 교사 리티오로 변장)

더 이상 당신을 속이지 않겠소.

난 리티오가 아니오.

실은 이제껏 음악 선생 행세를 한 거요.

내가 한 일이 경멸스럽소.

멀쩡한 신분을 버리고

저런 하찮은 놈을 떠받드는 여자를 위해

이렇게 변장까지 했지 뭐요.

선생, 나는 호르텐시오라 하오.

트라니오(루첸티오로 변장)

호르텐시오 씨,

당신이 비앙카를 얼마나 열렬히 사모하는지

더러 듣긴 했소이다.

이제 그녀의 지조 없는 행동을

두 눈으로 똑똑히 봤으니

나도 당신 편에 서겠소.

당신만 좋다면, 우리 둘 다 비앙카와

그녀의 사랑을 영원히 포기하겠다고 맹세하는 거요.

호르텐시오

두 사람이 키스하고 시시덕거리는 꼴을 보시오!

루첸티오 씨, 자 악수합시다.

이 자리에서 굳게 맹세하겠소.

더 이상 사랑을 구걸하지 않고,

그녀를 포기할 거요.

어리석게도 이제까지

그녀의 환심을 사려고 노력했지만,

그녀는 그런 호의를 받을 자격이 없는 여자요.

트라니오(루첸티오로 변장)

그럼 나도 이 자리에서 진실로 맹세하겠소.

그녀가 아무리 매달리더라도

절대 그녀와 결혼하지 않을 거요.

쯧쯧, 저기 좀 보시오.

저렇게 꼬리 치는 뻔뻔스러운 여자였다니!

호르텐시오

저 캄비오를 제외한 온 세상 남자들이

저 여자에게 눈길도 주지 않으면 좋겠소!

나는 맹세를 확실히 지키겠소이다.

사흘 안에 돈 많은 과부와 결혼할 거요.

오래전부터 나를 좋아해 준 여자요.

내가 오만하고 건방진 저 여자를 사랑하듯

줄곧 그래왔소.

그럼 잘 있으시오, 루첸티오 씨.

외모가 아름다운 여인이 아니라

마음씨 고운 여인이 내 사랑을 얻을 거요.

그럼 맹세한 대로 이만 가보겠소.

(호르텐시오 퇴장하고,

비앙카와 가정 교사 캄비오로 변장한 루첸티오가

앞으로 나온다)

트라니오(루첸티오로 변장)

비앙카 아가씨에게 은총이 깃들기를!

정말 축복받은 연인들이십니다.

저는 두 분의 애틋한 사랑을 이길 자신이 없습니다.

그리하여 저와 리티오, 아니 호르텐시오는

아가씨를 단념하기로 했답니다.

비앙카

루첸티오 씨, 농담이시죠?

두 분 다 저를 단념하셨다니요?

트라니오(루첸티오로 변장)

그렇답니다.

루첸티오(가정 교사 캄비오로 변장)

그럼 우리가 리티오를 물리친 셈이군.

트라니오(루첸티오로 변장)

그는 혈기 왕성한 과부에게 갔습니다.

당장 청혼하고 그날로 결혼하겠다고 하던걸요.

비앙카

그분 앞날에 기쁨이 함께하기를!

트라니오(루첸티오로 변장)

그럴 겁니다. 그 여자를 길들일 테니까요.

비앙카

그분이 그런 말을 했어요?

트라니오(루첸티오로 변장)

허허, 그는 길들이기 학교에 간다고 했습니다.

비앙카

길들이기 학교라뇨?

세상에 그런 곳이 있나요?

트라니오(루첸티오로 변장)

그럼요, 아가씨.

페트루키오 씨가 그 학교 선생입니다.

말괄량이를 길들이고,

재잘거리는 혀를 마법처럼 침묵시키는 법을

정확히 알려준다니까요.

(비앙카 퇴장하고, 비온델로 등장한다)

비온델로

도련님, 도련님.

주야장천 지켜보느라 힘들어 죽을 지경이었지만,

드디어 직당한 사람을 찾았습니다.

한 노인이 언덕길을 내려오고 있는데

그 역할에 딱 맞을 듯합니다.

트라니오(루첸티오로 변장)

비온델로, 어떤 사람인데 그래?

비온델로

상인인지 학자인지 잘 모르겠지만,

의복을 제대로 갖춰 입었고,

걸음걸이와 용모가 분명 주인 나리를 똑 닮았습니다.

루첸티오(가정 교사 캄비오로 변장)

트라니오, 그 노인이 뭐 어떻다는 얘기야?

트라니오(루첸티오로 변장)

만일 귀가 얇아서 제 말을 곧이곧대로 믿는 분이라면,

그 노인을 빈첸티오 나리로 변신시킬 겁니다.

주인 나리인 척하면서 밥티스타 어르신에게

드리는 증서를 써달라고 하려고요.

도련님은 아가씨를 뒤따라 모시고 들어가세요.
나머지는 제가 알아서 할게요.

(가정 교사 캄비오로 변장한 루첸티오 퇴장하고,
상인 등장한다)

상인

안녕하시오?

트라니오(루첸티오로 변장)

안녕하십니까? 반갑습니다.
지나가는 길이신가요,
아니면 이곳에 볼일이 있어 오신 건가요?

상인

이곳에 한두 주 있다가 로마로 갈 겁니다.
거기 머무르다가 기회가 되면
트리폴리까지 갈 생각이지요.

트라니오(루첸티오로 변장)

실례지만 어디 분이십니까?

상인

만토바 사람이오.

트라니오(루첸티오로 변장)

만토바라고요? 큰일 날 소리 하십니다.

생명의 위협에 아랑곳없이 파도바로 오셨다고요?

상인

생명의 위협이라니? 도대체 무슨 말이오?

이거 문제가 심각한 거 같군.

트라니오(루첸티오로 변장)

파도바로 오는 만토바 사람은

모두 죽은 목숨이나 다름없습니다.

이 상황을 모르십니까?

파도바 배들이 지금 베네치아에 억류돼 있어요.

당신네 공작과 파도바 공작 사이에

사적 다툼이 있었던 모양이에요.

그래서 파도바 공작이 만토바 시민들에게

사형선고를 내린다고 공표했거든요.

모르고 계시니 놀랍긴 하지만,

이제 막 오셨다고 하니 이해는 됩니다.

안 그러면 소식을 들으셨을 텐데요.

상인

이런, 생각보다 문제가 심각하군요.

피렌체에서 돈으로 교환할 증서를 가져왔는데

그걸 여기 사람에게 전해줘야 합니다.

트라니오(루첸티오로 변장)

그렇다면 제가 도와드리고 싶습니다.

계획을 말씀드릴 테니 한번 들어보시죠.

먼저, 한 가지 여쭤보겠습니다.

피사에 가본 적이 있으십니까?

상인

그럼요. 피사에 종종 갑니다.

시민들이 점잖기로 소문난 도시죠.

트라니오(루첸티오로 변장)

그 시민 가운데 빈첸티오라는 분을 아십니까?

상인

그분을 알지는 못하지만, 얘기는 들어봤습니다.

독보적으로 부를 쌓은 거상이시죠.

트라니오(루첸티오로 변장)

그분이 제 부친이십니다.

그리고 솔직히 말씀드리면

영감님 얼굴이 제 부친과 닮으셨습니다.

비온델로

(방백) 차라리 사과와 굴이 닮았다고 하지.

뭐 그게 중요하진 않지만.

트라니오(루첸티오로 변장)

이 곤경에서 영감님 목숨을 구하기 위해

호의를 베푸는 건 다 제 부친 때문입니다.

그러니 저의 부친과 닮은 걸

불행 중 다행으로 여기셔야 합니다.

제 부친의 존함을 쓰면서 그 명성을 이용하시고,

저의 집에서 편안히 지내시지요.

제 부친인 것처럼 처신하는 걸 잊지 마십시오.

다 이해하셨으리라 믿습니다.

한 마디로 말씀드리면

이 도시에서 볼일이 끝날 때까지

저의 집에서 지내시란 말씀입니다.

제 호의를 받아주십시오.

상인

그러지요.

평생 당신을 내 생명과 자유를 지켜준

은인으로 여기겠소.

트라니오(루첸티오로 변장)

자, 계획을 실천하러 저와 함께 가시지요.

그런데 미리 아셔야 할 게 한 가지 있습니다.

저희는 이제나저제나

아버지께서 오시기만을 기다리는 중입니다.

제가 이곳 밥티스타 어르신의 딸과 결혼하기로 했는데

아버지께서 유산에 대한 증서를 써주셔야 하거든요.

앞뒤 사정은 차차 말씀드리겠습니다.

저와 함께 가셔서 제 아버지처럼 보이도록

옷부터 갈아입으시죠.

(모두 퇴장한다)

4막 3장

『페트루키오의 집』

(카타리나, 그루미오 등장한다)

그루미오

아니, 정말 안 됩니다. 그러다 제가 죽습니다.

카타리나

남편이 나를 괴롭히면 괴롭힐수록

그의 심통이 더 사나워지고 있어.

날 굶겨 죽이려고 이 결혼을 한 거 같아.

거지들도 집 앞에 찾아와 구걸하면

아버지께서 바로 먹을 걸 주시곤 했어.

꼭 우리 집이 아니더라도

어디 다른 집에 가서 먹을 걸 얻었겠지.

하지만 난 이제껏 구걸이란 걸 몰랐고,

또 구걸할 필요조차 없이 살았단 말이야.

그런 내가 배가 고파 죽을 것 같고,

잠을 못 자서 쓰러질 지경이야.

욕을 해대며 계속 깨우고,

말다툼을 밥 먹듯이 하니 잠을 잘 수가 있어야지.

못 먹고, 못 자는 것보다 나를 더욱 힘들게 하는 건

그이가 완벽한 사랑이라는 명분 아래

이런 짓을 벌이고 있다는 거야.

내가 잠을 자거나 음식을 먹기라도 하면

마치 죽을병에 걸리거나 당장 죽을 것처럼 말하잖아.

제발 부탁이니 가서 먹을 것 좀 가져와.

먹을 수만 있다면 무엇이든 괜찮아.

그루미오

송아지 다리 요리는 어떠세요?

카타리나

아주 좋지. 그걸 갖다줘.

그루미오

그런 음식은 화를 돋울까 봐 겁납니다.

지글지글 구운 기름진 내장은 어떠세요?

카타리나

그것도 좋아. 그루미오, 어서 가져와.

그루미오

글쎄요. 그것도 화를 돋울까 봐 겁나서요.

겨자 친 소고기 한 조각은 어떠세요?

카타리나

그건 내가 아주 좋아하는 음식이야.

그루미오

그런데 겨자가 너무 매울 것 같아요.

카타리나

그럼 겨자는 빼고 소고기만 갖다줘.

그루미오

아니, 안 되겠어요. 겨자를 뺄 수는 없어요.
겨자 없이 소고기만 내올 수는 없지요.

카타리나

그럼 둘 다 주든 하나만 주든 네 마음대로 해.

그루미오

그럼 소고기는 빼고 겨자만 내오죠.

카타리나

이 거짓말쟁이 종놈, 썩 꺼져버려!
(그루미오를 때린다)
음식 이름만 늘어놓을 작정이야?
비참한 내 꼴을 보니 아주 기고만장하지?
네 놈과 네 패거리 놈들도
불행한 일 좀 당해 봐야 해.
썩 나가!

(페트루키오와 호르텐시오가 음식을 들고 등장한다)

페트루키오

케이트, 무슨 일이오?

내 사랑, 왜 이리 풀이 죽은 거요?

호르텐시오

부인, 안녕하십니까?

카타리나

안녕하긴요.

이런 냉정한 사람과 살고 있는데.

페트루키오

기운을 내시오. 밝은 얼굴로 날 봐요.

자, 내가 얼마나 부지런 떨었는지 보시오.

직접 당신 식사를 준비해서 이렇게 가져왔잖소.

상냥한 케이트, 이렇게 친절을 베풀면

고맙다 한마디는 해야 하는데

어찌 한마디도 않는 거요?

아니, 당신이 이 음식을 좋아하지 않는 모양이오.

애써 만든 보람이 없구려.

여봐라, 이 접시를 치워라.

카타리나

제발 그냥 두세요.

페트루키오

아무리 볼품없는 음식이라도
고맙다 한마디 하는 게 인지상정이오.
내가 만든 음식을 먹기 전에
한마디 해주면 좋겠소.

카타리나

고마워요.

호르텐시오

페트루키오, 자네 너무하는군.
부인, 저와 같이 드시죠.

페트루키오

(호르텐시오에게만 들리게) 호르텐시오,
자네가 나를 아낀다면 이 음식을 다 먹어버리게.
자넨 역시 친절하군.
케이트, 어서 드시오.
(카타리나와 호르텐시오는 식탁에 앉는다)
그건 그렇고, 여보. 장인어른 댁에 다녀옵시다.
아주 멋지게 차려입고 가서
떠들썩하게 잔치를 벌이는 거요.
비단 외투를 걸치고 모자와 금반지로 치장하고,

옷깃과 소매에 풍성한 주름 장식을 달고,
한껏 부풀린 치마를 입고 말이요.
스카프와 부채로 멋을 부리고,
호박 팔찌와 목걸이 등 온갖 장신구로
드레스에 멋을 더하는 거요.
아니, 벌써 다 드셨소?
지금 재단사가 와 있소.
주름 장식이 달린 장신구로
당신을 치장해주려고 기다리는 중이오.

(재단사 등장한다)

페트루키오

어서 오게.
장신구들 좀 보여주고, 그 드레스도 펼쳐보게.

(잡화상 등장한다)

페트루키오

무슨 일로 오셨나?

잡화상

주문하신 모자를 가져왔습니다.

페트루키오

아니, 모자가 왜 죽사발 모양이야?

벨벳으로 만든 접시 같기도 하고!

쯧쯧, 이리 허접하고 초라해 보이는 걸 어찌 쓰라고.

이게 조개껍데기야, 호두껍데기야?

아니면 잡동사니인가? 장난감인가?

허허, 어린애 모자도 아니고.

냉큼 치우고 더 큰 걸 가져오게.

카타리나

더 큰 모자는 싫어요.

지금 이런 게 유행인걸요.

고상한 부인들은 다 이런 모자를 쓴다고요.

페트루키오

당신이 고상한 부인이 되면 그때 하나 장만하시오.

그러기 전에는 어림없소.

호르텐시오

(방백) 금세 그리될 것 같진 않군.

카타리나

여보, 나도 말할 권리가 있으니 한마디 하겠어요.

난 갓난애도 아니고 어린애도 아니에요.

당신보다 지체 높은 분들도 내 말을 참고 들어줬어요.

듣기 싫으면 차라리 귀를 틀어막으세요.

난 가슴에 울분이 쌓여 참을 수가 없단 말이에요.

계속 담아두기만 하면 가슴이 터질지도 몰라요.

그러기 전에 속 시원히 토해내야겠어요.

페트루키오

당신 말이 맞소.

이 쥐꼬리만 한 모자는 파이 껍질 같소.

겉만 번지르르한 싸구려에

비단으로 된 파이 같다니까.

당신이 이런 모자를 싫어하니 더 사랑스러운 거요.

카타리나

당신이 날 사랑하든 말든 상관없어요.

난 이 모자가 좋아요.

이 모자로 하겠어요.

다른 건 필요 없어요.

(잡화상 퇴장한다)

페트루키오

당신 드레스를 봐야지?

재단사 양반, 어서 드레스를 보여주게.

맙소사, 이게 뭐야?

누가 가장무도회에 입고 갈 드레스를 주문했나?

이게 소매야? 거대한 대포 같군.

왜 사과파이 뚜껑처럼 여기저기 구멍을 뚫어놓은 거야?

여기저기 싹둑싹둑 가위질해놔서

마치 이발소에 매달아 놓는 향로 뚜껑 같잖아.

이보게, 이런 고얀 건 대체 뭐라고 부르는 건가?

호르텐시오

(방백) 저 여자, 모자건 드레스건 얻어 입기는 틀렸군.

재단사

최신 유행하는 스타일로 잘 만들라고 하셨잖아요.

페트루키오

그렇게 말했지. 하지만 잘 기억해보게.

최신 스타일로 망쳐놓으라고는 안 했네.

그만 가보게.

가는 길에 도랑 잘 건너가고.

우리 거래도 물 건너갔으니.

이런 물건은 다 필요 없으니 알아서 처리하게.

카타리나

이보다 멋진 드레스는 본 적이 없어요.

이렇게 우아하고, 만족스럽고,

훌륭한 드레스는 처음 본다고요.

당신은 나를 인형 취급하려 했나 봐요.

페트루키오

그러게 말이오.

이자가 당신을 꼭두각시 인형으로 만들 작정인 것 같소.

재단사

부인 말씀은 바깥양반께서 부인을

인형 취급하려 하신다는 뜻 같은데요.

페트루키오

건방진 놈 같으니라고!

이런 거짓말쟁이에다가 실타래, 골무 같은 놈.

세 뼘, 두 뼘, 아니, 한 뼘도 안 되는 쪼잔한 놈.

벼룩, 서캐, 철 지난 겨울 귀뚜라미 같은 놈아.

내 집에서 실타래를 들고 덤비겠다고?

넝마 같은 놈, 자투리 천 조각 같은 놈아.

네 자막대기로 흠씬 두들겨 패기 전에 썩 물러가.

안 그러면 생각 없이 함부로 입을 놀리면

어떻게 되는지 평생 기억하게 해주겠다.

분명히 말하는데

네 놈은 내 아내의 드레스를 망쳐놓았어.

재단사

나리께서 잘못 알고 계십니다.

이 드레스는 저희 주인에게 주문하신 대로 만든 겁니다.

그루미오가 이렇게 만들라고 주문했다니까요.

그루미오

저는 주문한 적 없습니다. 옷감만 갖다줬어요.

재단사

자네가 요렇게 저렇게 드레스를 만들어달라고 하지 않았나?

그루미오

아닙니다. 실과 바늘을 쓰라고만 했죠.

재단사

그럼 옷감을 잘라달라고 하지 않았다고?

그루미오

자네가 주렁주렁한 걸 너무 많이 달았잖아.

재단사

그러긴 했지.

그루미오

그럼 내 말에 토 달지 말게.
자네는 여러 사람에게 멋진 옷을 만들어주고선
내겐 멋진 변명만 늘어놓고 있군.
난 자네 말에 토를 달지도 변명하지도 않을 걸세.
분명히 말하는데 난 자네 주인에게
드레스를 재단하라고 했지
이렇게 조각조각 자르라고 하지는 않았네.
그러니 자네는 거짓말쟁이야.

재단사

그렇다면 증거를 보여주지.

옷을 어떻게 만들라고 했는지 여기 다 적어놓았네.

(종이를 보여준다)

페트루키오

그걸 읽어보게.

그루미오

만일 제가 그렇게 말했다고 쓰여 있다면

그 메모는 새빨간 거짓말입니다.

재단사

(읽는다)

"첫째, 몸에 헐렁한 드레스를 만들 것."

그루미오

나리, 만일 제가 '몸에 헐렁한 드레스'를

만들라고 했다면

저를 그 치맛자락에 꿰매버리고

갈색 실타래로 죽도록 때리세요.

저는 '드레스'라고만 했습니다.

페트루키오

계속 읽게.

재단사

"반원형의 작은 케이프를 달 것."

그루미오

케이프 얘기는 했습니다.

재단사

"통 넓은 소매를 달 것."

그루미오

저는 소매를 두 개 달아달라고 말했습니다.

재단사

"소매에 특이한 슬릿을 넣을 것."

페트루키오

옳아, 그 부분이 말썽이었군.

그루미오

뭔가 잘못됐습니다, 나리.
저는 소매를 재단해서 다시 꿰매라고 했다고요.
자네 나랑 싸워볼 텐가?
자네가 아무리 손가락에 골무를 끼고 무장해도
내가 이길 걸세.

재단사

내가 한 말은 다 사실이네.
자네 나랑 어디 좀 갈 텐가?
뜨거운 맛을 보면 다 기억이 날 텐데.

그루미오

난 당장 싸울 준비가 됐네.

이 종이 쪼가리는 가져가고,

그 자막대기 이리 내.

자! 덤벼라.

호르텐시오

어이쿠, 그루미오.

그러면 재단사가 불리하지.

페트루키오

다시 말하지만 나는 그 드레스가 필요 없네.

그루미오

당연하죠, 이건 아씨 거니까요.

페트루키오

(재단사에게) 가져가서 자네 주인이나 쓰라고 하게.

그루미오

못된 놈아, 그건 절대 안 된다.

아씨 드레스를 가져가서 네 놈 주인이 쓰다니?

페트루키오

그게 무슨 말이냐?

그루미오

나리, 저는 나리보다 더 깊이 생각한 겁니다.

아씨 드레스를 가져가서 저놈 주인이 쓰다니요?

아휴, 그 옷으로 무슨 짓을 할 줄 알고요?

페트루키오

(호르텐시오에게만 들리게) 호르텐시오,

옷값은 자네가 나중에 치르겠다고 재단사에게 일러주게.

(재단사에게) 이걸 가지고 썩 물러가게.

잔말 말고 어서 가.

호르텐시오

(재단사에게만 들리게) 이보시오.

이 드레스 값은 내가 내일 치르겠소.

저 사람이 경솔하게 내뱉는 말은 언짢게 듣지 마시오.

가서 주인에게 잘 얘기해주고.

(재단사 퇴장한다)

페트루키오

자 케이트, 우린 장인어른 댁으로 갑시다.

그냥 이렇게 수수한 차림으로 가야겠소.

우리 지갑이 두둑한데

옷차림이야 좀 초라한들 어떻겠소.

마음이 부유해야 진짜 부유한 거요.

구름이 아무리 짙게 드리워도

태양 빛을 가릴 수 없듯이

옷을 아무리 소박하게 입어도

우리 기품은 가려지지 않는 법이오.

깃털이 아름답다는 이유만으로

어치가 종달새보다 귀하겠소?

가죽이 눈에 띄게 화려하다는 이유만으로

독사가 장어보다 우월하겠소?

아니잖소, 케이트.

장신구가 소박하고 옷차림이 수수해도

당신은 조금도 부족해 보이지 않아요.

만일 이 차림새가 부끄럽게 여겨지면

내 탓으로 돌리시오.

그럼 기분 좋게 가는 거요.

어서 장인어른 댁에 가서

연회를 베풀고 즐겁게 놀아봅시다.

(그루미오에게) 가서 하인들을 불러오너라.

우린 장인어른 댁으로 곧장 떠날 테니

롱 레인 길목으로 말을 끌고 오너라.

거기까지 걸어가서 말을 타겠다.

어디 보자. 지금 아침 일곱 시가 다 되어가니

정오쯤에는 도착하겠구려.

카타리나

여보, 무슨 말이에요?

얼추 오후 두 시가 다 되었는데요.

우린 늦은 저녁때나 도착할 거예요.

페트루키오

말이 있는 곳까지 가면 일곱 시가 될 거요.

당신은 내가 무슨 말을 하거나

뭘 하려고만 하면 번번이 어깃장을 놓는구려.

여봐라, 떠날 채비는 그만둬라.

오늘은 가지 않겠다.

내가 말한 시간이 옳다고 하기 전에는

집을 나서지 않을 것이다.

호르텐시오

(방백) 저 친구 패기가 굉장하군.

해가 서쪽에서 뜬다고 할 기세야.

(모두 퇴장한다)

4막 4장

『파도바, 밥티스타의 집 앞』

(루첸티오로 변장한 트라니오,
승마 부츠를 신고 빈첸티오처럼 차려입은 상인 등장한다)

트라니오(루첸티오로 변장)

바로 이 집입니다.
준비되셨으면 사람을 부르겠습니다.

상인(빈첸티오로 변장)

어서 부르거라.
내가 사람을 잘못 본 게 아니라면
밥티스타 씨는 나를 기억할 게다.
이십 년쯤 전 제노바에서 우린
페가수스라는 여관에 함께 묵었었지.

트라니오(루첸티오로 변장)

잘하셨어요.

어떤 경우에도 제 아버지처럼
근엄하게 행동하셔야 합니다.

상인(빈첸티오로 변장)

내 걱정은 마시오.

(비온델로 등장한다)

상인(빈첸티오로 변장)

저기 당신 하인이 오고 있소.
저 하인에게도 실수하지 말라고
잘 일러주면 좋겠소.

트라니오(루첸티오로 변장)

저 녀석 걱정은 마시고
영감님이나 실수하지 마십시오.
비온델로, 거듭 당부하니
빈틈없이 임무를 수행해야 한다.
이분을 진짜 빈첸티오 나리라 생각하고.

비온델로

제 걱정은 마세요.

트라니오(루첸티오로 변장)

참, 밥티스타 어르신께 심부름은 다녀왔느냐?

비온델로

네, 베네치아에 계시던 도련님 부친께서

오늘 파도바로 오셔서

도련님을 만나기로 했다고 전했습니다.

트라니오(루첸티오로 변장)

기특한 녀석, 나중에 술 한잔 사 마시거라.

(비온델로에게 돈을 건넨다)

(밥티스타, 가정 교사 캄비오로 변장한 루첸티오 등장한다)

트라니오(루첸티오로 변장)

저기 밥티스타 어르신이 오시는군요.

영감님, 표정에 신경 쓰세요.

(상인은 모자를 벗는다)

밥티스타 어르신, 마침 잘 만났습니다.

아버지, 여기 이분이

제가 말씀드린 아가씨의 아버님이십니다.

관대하신 아버지, 부디 아버지께 물려받는 재산을

비앙카에게 유산으로 남길 수 있도록 허락해주세요.

상인(빈첸티오로 변장)

기다려봐라, 아들아.

실례가 많습니다.

빚을 받을 게 있어서 파도바에 왔는데
제 아들 루첸티오가 댁의 따님과 사랑에 빠졌다는
중대한 얘기를 털어놓더군요.
제가 댁의 명성은 익히 들어 알고 있고,
제 아들과 댁의 따님이 서로 진심으로 사랑하고 있으니
이 일을 너무 오래 끌지 않았으면 합니다.
좋은 아비라면 마땅히 자식의 일이 우선이지요.
저는 두 사람의 결혼에 찬성합니다.
저와 생각이 같으시다면 우리의 합의에 따라
제 아들의 유산을 따님에게 상속하기로 하는 데
기꺼이 동의합니다.
명성이 자자한 분이시니
너무 세세한 문제는 따지지 않겠습니다.

밥티스타

실례지만, 저도 한 말씀 드리겠습니다.
간단명료하게 말씀해주시니 아주 좋습니다.
말씀하신 대로입니다.
댁의 아드님 루첸티오가 제 딸을 사랑하고,
제 딸도 댁의 아드님을 사랑합니다.
그게 아니라면 두 사람의 거짓 연기에
우리 모두 속은 셈이 됩니다.
그러니 더 하실 말씀이 없으시면

두 부자가 잘 상의하셔서 제 딸에게

과부 유산을 넉넉히 주겠다고 약속해주십시오.

그러면 두 사람의 혼사가 성사되고,

모든 게 마무리됩니다.

댁의 아드님과 제 딸의 결혼을 허락하겠습니다.

트라니오(루첸티오로 변장)

감사합니다.

그렇다면 서로 합의한 바에 따라

정식으로 약혼하고 증서를 주고받아야 하는데

장소는 어디가 좋겠습니까?

밥티스타

루첸티오, 자네도 알다시피 내 집은 곤란하네.

하인들도 많고 듣는 귀가 많아서.

게다가 그레미오 영감이 늘 귀를 쫑긋 세우고 있다네.

어디서 훼방꾼이 나타날지 모르는 일일세.

트라니오(루첸티오로 변장)

그럼 어르신만 괜찮으시다면

제 하숙집이 어떻겠습니까?

아버지도 저의 집에 묵고 계십니다.

거기라면 오늘 밤 이 일을

은밀히 처리하기에 적당할 듯합니다.

여기 있는 사람을 시켜서 따님을 불러오도록 하시지요.

(루첸티오를 가리키며 그에게 눈을 찡긋한다)

제 하인은 당장 공증인을 데려올 겁니다.

그나저나 정말 죄송하게 됐습니다.

시간이 너무 촉박해 대접할 게 변변찮을 것 같습니다.

밥티스타

나는 괜찮소.

캄비오 선생, 어서 집으로 가서

비앙카에게 바로 준비하라고 전해주시오.

그리고 여기서 있었던 일도 얘기해주면 좋겠소.

루첸티오의 부친께서 파도바에 도착하셨고,

루첸티오와의 결혼 얘기가 잘 되었다고 말이오.

(가정 교사 캄비오로 변장한 루첸티오 퇴장한다)

비온델로

하느님, 두 분이 꼭 맺어지게 해주세요.

트라니오(루첸티오로 변장)

하느님 찾으며 꾸물대지 말고

어서 공증인을 모시고 오너라.

밥티스타 어르신, 제가 앞장서겠습니다.

어서 가시지요.

대접할 게 별로 없어서 송구스러울 뿐입니다.

피사에 오시면 더 극진히 대접하겠습니다.

밥티스타

그럼 뒤를 따르겠소.

(모두 퇴장하고 비온델로만 남는다.

이때 가정 교사 캄비오로 변장한 루첸티오가

다시 등장한다)

비온델로

캄비오 선생!

루첸티오(가정 교사 캄비오로 변장)

비온델로, 무슨 할 말이라도 있는 거냐?

비온델로

제 주인이 눈을 찡긋하며 웃는 거 보셨죠?

루첸티오(가정 교사 캄비오로 변장)

그게 어쨌다는 거지?

비온델로

뭐, 큰일은 아닙니다.

다만 제 주인이 저를 여기 남겨두면서

왜 그런 눈짓을 했는지

그럴듯하게 설명해드리라고 해서요.

루첸티오(가정 교사 캄비오로 변장)

어디 그럴듯하게 설명해봐라.

비온델로

들어보세요.

밥티스타 나리는 걱정 안 하셔도 됩니다.

가짜 아들의 가짜 아버지와 얘기 나누고 있거든요.

루첸티오(가정 교사 캄비오로 변장)

그게 어떻다는 건데?

비온델로

도련님이 그분 따님을 데리고

저녁 식사에 맞춰 가셔야 한답니다.

루첸티오(가정 교사 캄비오로 변장)

그러고 나서는?

비온델로

성 루카 성당에 나이 든 신부님이 계시는데

언제든 도련님이 부르면 오실 거라던데요.

루첸티오(가정 교사 캄비오로 변장)

그래서 그게 다 어쨌다는 거냐?

비온델로

저는 잘 모릅니다.

그들이 가짜 계약서를 만드느라

바쁘다는 것 말고는요.

도련님,
어서 아가씨의 '독점 판권'을 손에 넣으셔야죠.
아가씨와 함께 성당으로 가세요.
신부님과 서기, 믿을 수 있는 증인을
여럿 데리고 가시라고요.
이제껏 바라시던 일이 결혼이 아니라면
저는 더 이상 드릴 말씀이 없습니다.
비앙카 아가씨에게 영영 작별을
고하시라는 말씀 말고는요.

루첸티오(가정 교사 캄비오로 변장)

비온델로, 내 말 좀 들어봐.

비온델로

꾸물거릴 시간이 없다니까요.
토끼에게 먹일 파슬리를 뜯으러 텃밭에 나갔다가
그날로 혼례를 치른 여자도 있답니다.
도련님도 그런 황당한 일을 당하실지 모른다고요.
그럼 저는 갑니다.
제 주인이 성 루카 성당에 가서
도련님과 아가씨 맞을 준비를
미리 하고 있으라고 전하랬어요.

(퇴장한다)

루첸티오(가정 교사 캄비오로 변장)

비앙카만 허락한다면 그렇게 하고말고.

분명 그녀도 기뻐할 거야.

그러니 뭐가 걱정이야?

무슨 일이 있어도 그녀에게 당당하게 다가가야지.

만에 하나 이 '캄비오'가 그녀를 얻지 못하더라도

노력이 부족해서 그럴 일은 질대 없을 거야.

(퇴장한다)

4막 5장

『파도바로 가는 길』

(페트루키오, 카타리나, 호르텐시오, 하인들 등장한다)

페트루키오
어서 갑시다. 이제 장인어른 댁이 멀지 않았소.
이야, 달빛이 정말 환하고 찬란하구려.

카타리나
달이라고요? 해잖아요.
지금 달이 어디 있다고 그래요.

페트루키오
영롱하게 빛나는 달이라니까요.

카타리나
영롱하게 빛나는 해라니까요.

페트루키오
내 어머니의 아들인 나 자신을 걸고 맹세하는데

저건 달도 맞고, 별도 맞고,

내가 되라 하는 건 무엇이든 다 맞소.

장인어른 댁에 도착하기 전에는 내 말이 다 맞는 거요.

(하인들에게) 말을 다시 돌려라.

무슨 말만 하면 사사건건 시시콜콜 말대꾸요.

할 줄 아는 게 말대답뿐이지.

호르텐시오

(카타리나에게) 그냥 그렇다고 하세요.

안 그러면 되돌아가야 합니다.

카타리나

이만큼이나 왔는데 제발 가던 길 계속 가요.

저게 달이든 해든 당신 말이 다 맞아요.

당신이 저걸 가리켜 촛불이라고 하면

저도 앞으로 그렇게 부르겠어요.

맹세해요.

페트루키오

난 달이라고 했소.

카타리나

그래요. 달이에요.

페트루키오

아니, 거짓말하지 마시오.

저건 신성한 태양이오.

카타리나

어머, 그렇다면 신성한 태양이에요.

하지만 당신이 아니라고 하면

저건 태양이 아니에요.

당신 마음이 바뀌는 것처럼

달도 자꾸 모양이 바뀌잖아요.

당신이 뭐라고 부르든

바로 그게 저것의 이름이에요.

그러니 이 카타리나도 그렇게 부를 거예요.

호르텐시오

페트루키오, 잘했네. 자네가 이겼어.

페트루키오

자, 계속 가자.

그래, 공은 앞으로 굴러가야지.

옆길로 새지 말고.

가만있자! 저기 누가 오는군.

(빈첸티오 등장한다)

페트루키오

(빈첸티오에게) 아가씨, 안녕하시오?

어디로 가는 길이시오?

상냥한 케이트, 솔직히 말해 보시오.
저렇게 생기 있는 아가씨를 본 적이 있소?
흰 피부에 발그레한 두 뺨이 어여쁘기 그지없소.
천사 같은 얼굴을 장식한 두 눈을 보시오.
어떤 별이 하늘에서 저리 아름답게 빛나겠소?
아름다운 아가씨, 다시 한번 인사드리겠소.
즐거운 하루 보내시오.
상냥한 케이트,
아름다운 아가씨를 한 번 안아주지 그러시오?

호르텐시오

(방백) 노인을 여자로 만들다니,
저 노인네가 환장할 노릇이군.

카타리나

새싹처럼 싱그럽고 아름다운 아가씨,
어디로 가시나요? 댁이 어디 신가요?
이렇게 고운 딸을 둔 부모님은
참으로 행복하시겠어요.
운 좋게 당신을 차지하는 남자는
더없이 행복하겠군요.

페트루키오

케이트, 왜 이러시오? 제정신이오?
영감님께 실례를 범했소.

저분은 늙고, 주름지고, 기력이 쇠한 노인이잖소?

아가씨가 웬 말이오.

카타리나

영감님, 죄송합니다.

햇살이 너무 눈부셔서

모든 게 푸릇푸릇하게 보였나 봅니다.

이제 보니 공경 받으셔야 하는 어르신이시네요.

부디 어처구니없는 실수를 용서해주세요.

페트루키오

영감님, 용서하십시오.

어디로 가는 길이십니까?

저희와 방향이 같으시면 기꺼이 동행하겠습니다.

빈첸티오

재미난 분들이군요.

괴이한 인사를 건네서 어찌나 놀랐는지 모릅니다.

나는 피사에 사는 빈첸티오라고 합니다.

지금은 파도바로 가는 길이지요.

오랫동안 만나지 못한 아들을 만나려고요.

페트루키오

아드님 이름이 무엇입니까?

빈첸티오

루첸티오라고 합니다.

페트루키오

이렇게 만나다니 정말 잘 됐군요.

아드님을 위해서도 잘된 일이고요.

그러면 법도로 보나 어르신 연세로 보나

제가 아버님으로 모셔야겠습니다.

지금쯤이면 여기 있는 제 아내의 여동생과

댁의 아드님이 혼례를 치렀을 겁니다.

놀라실 일도 슬퍼하실 일도 아닙니다.

처제는 평판이 좋고, 지참금이 넉넉한 데다

집안도 훌륭합니다.

게다가 어느 명문 귀족의 아내가 되어도

빠지지 않는 자질을 갖추었지요.

빈첸티오 어르신, 제가 한 번 안아드리겠습니다.

자, 이제 귀한 아드님을 만나러 가시지요.

아버님을 만나면 무척 기뻐할 겁니다.

빈첸티오

그게 사실이오, 아니면 농담이오?

짓궂은 여행객들처럼

우연히 만난 길동무를 놀리는 거 아니오?

호르텐시오

어르신, 분명히 사실입니다.

페트루키오

같이 가셔서 사실을 확인하시지요.

처음에 저희가 장난을 쳐서 안 믿기시는 모양입니다.

(호르텐시오만 남고 모두 퇴장한다)

호르텐시오

페트루키오, 자네 덕분에 용기가 생겼어.

이제 그 과부 차례야.

만일 그녀가 고집을 부리면

자네에게 배운 대로 생떼를 부리면 되겠어.

(퇴장한다)

5막

5막 1장

『파도바, 루첸티오의 집 앞』

(비온델로, 루첸티오, 비앙카 등장한다.
그레미오는 먼저 나와서 한쪽에 서 있다)

비온델로

조심조심, 얼른 들어가세요.

신부님은 준비되셨어요.

루첸티오

알았어, 비온델로.

집에서 필요로 할지도 모르니 너는 어서 돌아가.

(루첸티오와 비앙카 퇴장한다)

비온델로

아니, 저도 두 분이 결혼하시는 걸 볼 거예요.

그러고 나서 가짜 '주인'에게 후딱 돌아가면 되죠.

(퇴장한다)

그레미오

캄비오가 아직까지 안 보이니 이상하군.

(페트루키오, 카타리나, 빈첸티오,
그루미오와 하인들 등장한다)

페트루키오

어르신, 이 집입니다.

여기가 루첸티오의 집이에요.

제 장인어른 댁은 시장 쪽으로 더 가야 합니다.

저는 그리로 가봐야 하니 여기서 인사드리겠습니다.

빈첸티오

차 한 잔도 대접하지 않고 보낼 순 없지요.

여기서 그 정도 대접할 능력은 됩니다.

보아하니 안에 다과도 준비되어 있는 듯한데.

(대문을 두드린다)

그레미오

(앞으로 나오며) 안에서 다들 바쁜 것 같으니

더 세게 두드리셔야 할 겁니다.

(빈첸티오로 변장한 상인이 창가에 등장한다)

상인(빈첸티오로 변장)

무슨 일로 문을 그리 쾅쾅 두드리시오?

빈첸티오

안에 루첸티오 있습니까?

상인(빈첸티오로 변장)

있긴 있습니다만,

누구를 만날 수 있는 상황이 아닙니다.

빈첸티오

그 애를 기쁘게 해주려고 백 파운드,

아니 이백 파운드를 싸 들고 온 사람이 있는데도요?

상인(빈첸티오로 변장)

그 돈은 당신이나 가지시오.

내가 살아있는 한

그 애에게 그런 돈은 필요 없으니.

페트루키오

(빈첸티오에게) 제가 말씀드렸잖습니까?

아드님이 파도바에서 인기가 많다고요.

제 말씀이 들리십니까?

농담 그만하시고, 루첸티오에게 전해주십시오.

피사에서 오신 아버님이 아들을 만나려고

여기 문 앞에서 기다리고 계신다고 말이오.

상인(빈첸티오로 변장)

거짓말 마시오.

그 애 아비는 파도바에서 왔고,

이렇게 창문 앞에 서서 내다보고 있지 않소?

빈첸티오

당신이 그 애 아버지라고?

상인(빈첸티오로 변장)

그렇소.

그 애 어머니가 그렇다고 하니

믿어야 하지 않겠소.

페트루키오

(빈첸티오에게) 아니, 이보시오!

다른 사람의 이름을 쓰는 건

순 사기꾼이나 하는 짓이오.

상인(빈첸티오로 변장)

그 악당을 혼내주시오.

그자가 이 도시에서 내 이름을 팔아

누군가를 속이려는 게 분명하오.

(비온델로 등장한다)

비온델로

(방백) 마침내 두 분이 함께 성당으로 들어가셨어.
두 분의 앞날에 행운이 함께 했으면!
아니, 저게 누구야? 빈첸티오 나리잖아.
이제 우린 망했다. 모든 게 허사로 돌아가게 생겼어.

빈첸티오

(비온델로를 발견하고) 이 망나니 녀석!
냉큼 이리 오너라.

비온델로

오고 가는 건 제 마음입니다만.

빈첸티오

발칙한 놈, 이리 못 오겠느냐!
벌써 내 얼굴도 잊은 게냐?

비온델로

잊다니요? 그럴 리가요.
제가 본 적도 없는 사람을 어떻게 잊는단 말입니까?

빈첸티오

뭐, 천하에 이런 못된 놈이 있나?
네 주인의 부친인 빈첸티오를
한 번도 본 적이 없단 말이냐?

비온델로

우리 주인 나리 말입니까?

주인 나리야 당연히 봤죠.

저기 창밖으로 내다보고 계시잖아요.

빈첸티오

정말 이럴 거냐?

(비온델로를 때린다)

비온델로

사람 살려, 사람 살려!

여기 미친 사람이 사람 잡네.

(퇴장한다)

상인(빈첸티오로 변장)

아들아, 도와다오!

밥티스타 씨, 도와주시오!

(창가에서 사라진다)

페트루키오

케이트, 우린 한쪽에 서서

이 소동이 어떻게 끝나는지 구경합시다.

(두 사람은 한쪽으로 비켜선다)

(빈첸티오로 변장한 상인과 하인들,

밥티스타와 루첸티오로 변장한 트라니오 등장한다)

트라니오(루첸티오로 변장)

이보시오!

도대체 누구시기에 내 하인을 때리는 거요?

빈첸티오

내가 누구냐고? 그러는 당신은 누구요?

하느님 맙소사!

이 고얀 놈이 옷을 번드르르하게 빼입었네.

위아래로 비단을 휘감고,

고관들이나 입는 진홍색 망토에 신사용 모자라니.

아이고, 망했네, 망했어.

나는 고향에서 한 푼도 허투루 쓰지 않으려고 애썼는데

내 아들과 하인 녀석은

공부한답시고 돈을 뿌리고 다녔구나.

트라니오(루첸티오로 변장)

도대체 왜 그러시오? 그게 무슨 상관이라고?

밥티스타

혹시 실성한 사람인가?

트라니오(루첸티오로 변장)

이보시오, 차림새를 보아하니

분별 있는 노신사 같으신데

말씀하시는 건 영 미친 사람 같소이다.

내가 진주를 걸치든 황금을 두르든

그게 무슨 상관입니까?

내가 이렇게 입을 수 있는 건

다 관대하신 제 아버님 덕분입니다.

빈첸티오

네 아버지라니! 이런 고얀 녀석 봐라!

네 아비는 베르가모에서

돛을 꿰매는 직공이 아니더냐?

밥티스타

사람 잘못 보셨소.

이 사람을 안다면 이름을 말해 보시오.

빈첸티오

이 녀석 이름 말이오?

내가 이 녀석 이름도 모를까 봐요?

세 살 때부터 거둬준 녀석 이름도 모르겠소?

이 녀석 이름은 트라니오요.

상인(빈첸티오로 변장)

실성한 노인네, 썩 꺼지시오!

이 아이 이름은 루첸티오고,

이 빈첸티오의 외아들이자 유산 상속인이요.

빈첸티오

루첸티오라고?

아니, 그럼 이놈이 제 주인을 죽인 거야?

이놈 잡아라!

공작의 이름으로 네 놈을 고발하겠다.

아, 내 아들, 내 아들!

이 흉악한 놈아, 말해라.

내 아들 루첸티오는 어디 있느냐?

트라니오(루첸티오로 변장)

순경 좀 불러주시오!

(순경 등장한다)

트라니오(루첸티오로 변장)

이 정신 나간 악당을 당장 감옥으로 끌고 가주시오.

장인어른, 그자가 꼭 법의 심판을 받게 해주십시오.

빈첸티오

나를 감옥으로 끌고 간다고?

그레미오

순경 양반, 잠깐만요.

그분은 감옥에 가실 분이 아닌 것 같소.

밥티스타

그레미오 씨는 가만히 계세요.

이런 사람은 감옥에 보내야 합니다.

그레미오

밥티스타 어르신,

이런 때일수록 속지 않게 조심하셔야 합니다.

감히 맹세하는데 이쪽이 진짜 빈첸티오가 맞습니다.

상인(빈첸티오로 변장)

감히 맹세하려거든 어디 그래보시오.

그레미오

아니, 그만두겠소.

트라니오(루첸티오로 변장)

그럼 내가 루첸티오가 아니라는 말을

하고 싶은 거로군요.

그레미오

그럴 리가,

당신이 루첸티오 씨라는 건 나도 알고 있소.

밥티스타

이 사람도 저 실성한 노인과 함께

감옥으로 보내야겠소.

빈첸티오

타향 사람이라고 이리 막 대하고 모욕을 주는구먼.

에잇, 흉악한 놈들!

(비온델로, 루첸티오, 비앙카 등장한다)

비온델로

아이고, 우린 망했어요.

저기 주인 나리가 계십니다.

모르는 분이라고 딱 잡아떼세요.

안 그러면 우리 모두 큰일 나요.

(비온델로, 루첸티오로 변장한 트라니오,

빈첸티오로 변장한 상인은 재빨리 퇴장한다)

루첸티오

아버지, 용서하세요.

(비앙카와 함께 무릎을 꿇는다)

빈첸티오

내 아들! 살아 있었구나.

비앙카

아버님, 용서하세요.

밥티스타

네가 무슨 잘못을 했다고 이러는 거냐?

루첸티오는 어디 있고?

루첸티오

저 여기 있습니다.

여기 계신 진짜 빈첸티오의 진짜 아들입니다.
가짜들이 장인어른의 눈을 속이는 동안
따님은 저와 결혼해서 이제 제 아내가 되었습니다.

그레미오

음모를 꾸며 우리 모두를 속인 거였어!

빈첸티오

빌어먹을 트라니오 녀석은 어디 있느냐?
나를 이런 곤경에 빠뜨린 맹랑한 놈이다.

밥티스타

아니 얘야,
그럼 이 사람이 캄비오가 아니란 말이냐?

비앙카

캄비오가 루첸티오가 됐어요.

루첸티오

사랑이 이런 기적을 일으켰습니다.
비앙카의 사랑을 얻기 위해 저는
하인 트라니오와 신분을 바꾸었습니다.
트라니오가 시내에서 제 행세를 하고 다니는 동안
저는 그토록 바라던 행복의 안식처에 도달했습니다.
트라니오가 벌인 일은 다 제가 시켜서 한 짓이에요.
그러니 저를 봐서라도
아버지께서 그 녀석을 너그러이 용서해주세요.

빈첸티오

나를 감옥으로 보내려 한 망할 녀석의

코를 베어버리겠다.

밥티스타

이보게, 그럼 자네는 내 승낙도 없이

내 딸과 결혼했다는 말인가?

빈첸티오

밥티스타 씨, 걱정하지 마십시오.

그 댁에서 원하시는 대로 다 해드릴 테니

마음 놓으셔도 됩니다.

그 전에 이 망나니 녀석 좀 혼내줘야겠습니다.

(퇴장한다)

밥티스타

그럼 난 이 사기 행각을 곰곰이 생각해봐야겠다.

(퇴장한다)

루첸티오

비앙카, 안심해요.

당신 아버님도 심하게 노여워하진 않으실 거예요.

(두 사람 다 퇴장한다)

그레미오

난 실패했군.

그래도 다른 사람들 틈에 끼어있긴 해야지.

사랑을 얻긴 글렀어도
잔치에 내 자리는 있을 테니까.
(퇴장한다)

카타리나

여보, 우리도 따라가서
이 일이 어떻게 끝나는지 봐야죠.

페트루키오

케이트, 먼저 키스해주면 그렇게 하리다.

카타리나

어머, 길 한가운데에서요?

페트루키오

아니, 내가 창피한 거요?

카타리나

아니에요. 그럴 리가요.
다만 길에서 키스하는 게 부끄러운 거예요.

페트루키오

그럼 다시 집으로 갑시다.
(그루미오에게) 여봐라, 집으로 돌아가자.

카타리나

아니에요! 키스할게요.
(페트루키오에게 입을 맞춘다)
여보, 제발 여기 있어요.

페트루키오

이러니 얼마나 좋소?

이리 와요, 상냥한 케이트.

늦더라도 안 가는 것보다 낫고,

허물을 고치기에 너무 늦은 때란 없는 법이오.

(두 사람 퇴장한다)

5막 2장

『파도바, 루첸티오의 집』

(밥티스타, 빈첸티오, 그레미오, 상인, 루첸티오, 비앙카,
호르텐시오와 과부, 페트루키오와 카타리나,
트라니오, 비온델로, 그루미오 등장하고,
하인들이 술과 음식을 나른다)

루첸티오
오래 걸리긴 했지만,
삐걱거리던 관계가 마침내 제 자리를 찾았고,
격렬한 다툼도 끝이 났습니다.
이제 웃으면서 지나간 일을 얘기할 수 있겠네요.
얼마나 아슬아슬하게 위기를 모면하고,
어떻게 곤경에서 벗어났는지 말입니다.
사랑하는 비앙카, 내 아버지를 반겨주시오.
나도 똑같이 반가운 마음으로

장인어른을 맞이하겠소.
페트루키오 형님과 카타리나 처형,
호르텐시오 씨와 그의 다정한 연인,
모두 저의 집에 오신 걸 환영합니다.
마음껏 즐겨주세요.
제가 준비한 이 술과 음식은 결혼 피로연 뒤
아쉬움을 달래기 위한 것입니다.
모두 자리에 앉아 주십시오.
편하게 드시면서 이야기를 나눕시다.

(모두 자리에 앉는다)

페트루키오

이제 앉아서 실컷 먹어봅시다!

밥티스타

우리 사위 페트루키오,
파도바는 이리 정이 넘치는 곳이라네.

페트루키오

파도바는 어디를 가나 정이 넘치죠.

호르텐시오

우리 부부를 위해서도 그 말이 사실이어야 할 텐데.

페트루키오

아니, 이제 보니 호르텐시오가 부인에게 겁을 먹었군.

과부

그렇다고 제가 겁을 먹었다고 생각하진 말아 주세요.

페트루키오

부인은 매우 똑똑해 보이시는데

제 말의 의미를 놓치셨군요.

제 말은 호르텐시오가 부인을 무서워하고 있다는 겁니다.

과부

어지럼증이 있는 사람은

세상이 뱅글뱅글 돈다고 생각하죠.

페트루키오

말씀을 참 쌀쌀맞게 돌려 하시는군요.

카타리나

부인, 방금 하신 말씀이 무슨 뜻이죠?

과부

페트루키오 씨를 보고 그런 생각을 품었어요.

페트루키오

저를 보고 품다니요?

호르텐시오가 어찌 생각하겠소?

호르텐시오

내 아내 말은 자네를 보고

그런 생각이 떠올랐다는 뜻이네.

페트루키오

남편 잘 두셨소.

고마우면 그에게 키스하시구려.

카타리나

'어지럼증이 있는 사람은

세상이 뱅글뱅글 돈다고 생각한다'라는 게

무슨 뜻인지 말해주세요.

과부

댁의 남편이 말괄량이에게 시달리다 보니

내 남편의 신세도

자신의 신세와 같다고 생각한다는 거죠.

이제 내 말뜻을 알겠죠?

카타리나

아주 무례한 뜻이군요.

과부

맞아요. 당신이 무례하니까요.

카타리나

내가 무례한 건 맞지만,

당신에 비하면 양반이죠.

페트루키오

잘한다, 케이트!

호르텐시오

옳다구나, 마누라!

페트루키오

케이트가 자네 부인을 쓰러뜨린다는 데 은화 백 냥 걸겠네.

호르텐시오

쓰러뜨리다니? 그건 내 특권일세.

페트루키오

허허, 특권층 납시었군!

그럼 자네를 위해 건배!

(호르텐시오와 건배한다)

밥티스타

그레미오 씨,

젊은이들의 재치 있는 입담을 어떻게 보시오?

그레미오

어휴, 저러다 머리로 들이받겠구려.

비앙카

머리로 들이박긴요!

성질 급한 사람은 머리가 아니라

뿔로 들이받으려고 할걸요.

빈첸티오

우리 며느리도 정신이 번쩍 들었느냐?

비앙카

네, 하지만 겁날 정도는 아니니

잠시 눈 좀 붙여야겠어요.

페트루키오

아니 그렇게 둘 수는 없지.

처제, 이왕 시작했으니까

톡 쏘는 재담 한두 마디는 들려줘야지.

비앙카

톡 쏘다니요. 제가 형부 표적으로 보이세요?

저는 자리를 옮길 테니 따라오실 테면

활시위를 당기고 따라와 보세요.

여러분 와주셔서 고맙습니다.

(비앙카, 카타리나, 과부 퇴장한다)

페트루키오

처제가 미리 방어막을 치는군.

트라니오, 자네도 저 표적을 겨누었는데

화살이 빗나갔지?

자, 활을 쏘았으나 맞히지 못한 사람들끼리 건배!

트라니오

루첸티오 도련님이 저를 사냥개처럼 풀어놓으셨지요.

저는 도련님을 위해 뛰어다니며 사냥했을 뿐입니다.

페트루키오

영리한 비유긴 한데 어디서 개 냄새가 나는군.

트라니오

나리께서는 직접 뛰어다니며 사냥하셨으니

그럴 만도 하죠.

그나저나 궁지에 몰린 사슴이

나리를 물려고 한다면서요.

밥티스타

이런, 페트루키오!

트라니오에게 한 방 먹었군.

루첸티오

트라니오, 말 한번 시원하게 잘했다.

호르텐시오

어디 고백해보게. 자네 한 방 먹은 건가?

페트루키오

조금 긁힌 정도라고 고백하지.

그런데 나를 스치고 지나간 그의 재담이

십중팔구 자네 두 사람을 향해 날아가고 있을 걸세.

밥티스타

페트루키오, 참말이지 자네는

말괄량이 중의 말괄량이를 아내로 얻었네.

페트루키오

괜한 걱정을 하십니다.

어디 한 번 시험해볼까요?

우리 각자 사람을 보내서 아내를 불러오기로 하죠.

그랬을 때 가장 먼저 오는 아내가

가장 순종적인 아내이니

그 남편이 이기는 걸로 내기를 하는 겁니다.

호르텐시오

좋아. 내기에 얼마를 걸지?

루첸티오

금화 스무 냥.

페트루키오

겨우 금화 스무 냥이라고?

사냥개나 매를 두고 하는 내기에도

그거보단 많이 걸겠네.

내 아내에게는 그것의 스무 배는 걸어야지.

루첸티오

그럼 금화 백 냥으로 하죠.

호르텐시오

좋소.

페트루키오

그럼 결정된 거요.

호르텐시오

누가 먼저 하겠소?

루첸티오

제가 먼저 하죠.

비온델로, 가서 아씨 좀 이리 나오시라고 전해라.

비온델로

네, 갑니다요.

(퇴장한다)

밥티스타

루첸티오, 비앙카가 금방 나올 테니

자네 몫의 절반은 내가 걸겠네.

루첸티오

반반씩 거는 건 정중히 거절합니다.

제 몫은 제가 걸겠습니다.

(비온델로 다시 등장한다)

루첸티오

어찌 됐느냐?

비온델로

아씨께서 바빠서 못 나온다고 하십니다.

페트루키오

뭐? 바빠서 못 오겠다고? 그게 대답이야?

그레미오

그 정도면 친절한 대답이오.

부인에게서 더 나쁜 대답이 돌아오지 않도록

기도나 하시오.

페트루키오

더 나은 대답일 거요.

호르텐시오

비온델로,

내 아내에게 가서 곧장 이리 오시라고 청해주게.

(비온델로 퇴장한다)

페트루키오

오호, 오시라고 청을 해라!

그렇게 하면 당연히 오시겠지.

호르텐시오

난 자네가 걱정일세.

자네가 무슨 수를 쓰더라도

자네 부인은 오지 않을 테니.

(비온델로 다시 등장한다)

호르텐시오

그래, 내 아내는 어디 있는가?

비온델로

부인 말씀이 어떤 재미있는 장난을 꾸미고
계신 듯하니 오지 않으시겠답니다.
볼일이 있으시면 나리께서 직접 오시랍니다.

페트루키오

허허, 갈수록 태산일세.
오지 않겠다니 참을 수 없이 불쾌하군.
그루미오, 아씨께 가서 이리 오시라고 해라.

(그루미오 퇴장한다)

호르텐시오

자네 부인 대답이야 뻔하지.

페트루키오

무슨 소린가?

호르텐시오

자네 부인은 올 사람이 아니야.

페트루키오

그런 사나운 꼴을 당하면 뭐 끝장이지.

(카타리나 등장한다)

밥티스타

귀신이 곡할 노릇이군.

카타리나가 오고 있네!

카타리나

여보, 무슨 일로 부르셨어요?

페트루키오

처제와 호르텐시오의 부인은 어디 있소?

카타리나

난롯가에 앉아 이야기 나누고 있어요.

페트루키오

가서 그들을 데려오시오.

혹여 오기 싫다고 하면 때려서라도

그들 남편 앞으로 끌고 와요.

얼른 가서 데려오라니까 뭐 하는 거요?

(카타리나 퇴장한다)

루첸티오

기적이란 게 있다면 이게 바로 기적입니다.

호르텐시오

정말 그렇소.

이게 도대체 무슨 징조인지 모르겠소.

페트루키오

무슨 징조긴 평화와 사랑이 찾아와 삶이 평온해지고,

가장의 위엄이 바로 설 징조지.

다시 말해 만사가 아름답고 행복해질 징조다 이 말씀이야.

밥티스타

페트루키오, 자네가 행운을 잡았네.

내기는 자네가 이겼어.

이 사람들이 잃은 돈에 내가 금화 이만 냥을 보태겠네.

딸아이가 아주 딴사람이 됐으니

그 딸에게 주는 또 다른 지참금일세.

페트루키오

내기에 이긴 것쯤은 아무것도 아닙니다.

아내가 얼마나 고분고분해졌는지 보여드리죠.

얼마나 온화하고 온순한 사람이 됐는지 말입니다.

(카타리나, 비앙카, 과부 등장한다)

페트루키오

저기 아내가 옵니다.

여러분의 고집쟁이 아내들을 데리고 오는군요.

상냥하게 타이르는 말에 꼼짝없이 끌려 나왔을 겁니다.

카타리나, 당신 모자가 영 안 어울리는 것 같소.

그런 허접한 모자는 당장 벗어서 내팽개치시오.

(카타리나는 모자를 벗어 던진다)

과부

맙소사, 정말 어처구니가 없군요.

이런 바보 같은 광경을 보여주려고 불러냈어요?

비앙카

어머, 이렇게 바보처럼

고분고분한 걸 바라는 건가요?

루첸티오

비앙카, 당신도 그렇게 바보처럼

고분고분했으면 좋을 뻔했소.

난 너무 똑 부러진 아내를 둬서

저녁 식사 뒤 금화를 백 냥이나 잃었소.

비앙카

당신이야말로 정말 바보예요.

아내의 행동을 두고 내기를 걸다니요.

페트루키오

카타리나, 이 고집 센 부인들에게

자신의 주인이자 지아비 된 사람을

어찌 대해야 하는지 설명해주시오.

과부

쯧쯧, 우릴 조롱하고 있군요.

우리는 들을 얘기가 없어요.

페트루키오

어서요. 먼저 저 부인에게 말해주시오.

과부

부인이 할 리가 없죠.

페트루키오

그녀는 할 거요.

저 부인에게 먼저 시작하라고 했소.

카타리나

쯧쯧, 잔뜩 찡그린 얼굴을 펴세요.

경멸하는 눈초리로 쏘아보지도 마시고요.

당신의 군주이자 주인인 남편이 찔리겠어요.

찬 서리에 풀밭이 얼어붙듯이 그 냉랭함에

부인의 아름다움이 빛을 잃잖아요.

돌개바람에 꽃망울이 흔들리듯

부인의 평판도 어지러워집니다.
온당하지 않고, 정감도 없지요.
성난 여인은 흙탕물이 인 샘물처럼 혼탁해져
아름다움을 잃습니다.
그러면 아무리 목마른 사람일지라도
그 물에 입도 대지 않으려 할 겁니다.
부군께서는 부인의 영주이자 생명이고 수호자입니다.
남편은 아내의 머리이고 군주입니다.
부인을 아끼는 사람이며
부양하기 위해 바다와 육지에서
고되게 일하는 분이죠.
폭풍이 몰아치는 밤에도
추위가 맹위를 떨치는 낮에도
밤낮없이 우리를 안전하게 지켜주기에
우리 여자들은 집에서 안락하게 지낼 수 있답니다.
그러고도 대가를 바라지 않아요.
그저 사랑과 다정한 낯빛과
참된 순종을 바랄 뿐입니다.
크나큰 은혜에 비하면 너무 작은 보답이죠.
신하가 군주에게 순종하듯이
아내도 남편에게 그리 순종해야 합니다.
아내가 고집부리고, 짜증 내고,

뚱하고 시큰둥한 태도로
남편의 공정한 뜻에 따르지 않으면
이게 자신의 자애로운 영주에게 대드는
못된 반역이 아니고 무엇이겠습니까?
사악한 반역자가 아니고 무엇이겠어요.
어리석은 모습을 보이는 여자들이 부끄러워요.
평화를 바라며 무릎 꿇어야 하는 자리에서
싸우자고 달려들고,
또 자신들이 섬기고 사랑하고 복종해야 할 때
남편을 쥐고 흔들려 하니까요.
어찌하여 우리 몸은 무르고, 연약하고, 부드러워서
세상의 고되고 힘든 일을 하기에 부적합할까요?
우리의 부드러운 속내와 마음은
이런 겉모습과 일치해야 하지 않을까요?
자, 고집만 세고 미약한 여인들은 들으세요!
나도 당신들처럼 자만했었고,
겁 없이 대담했고, 이치를 따졌었죠.
말에는 말로 대꾸하고,
찡그린 얼굴엔 찡그린 얼굴로 대들었어요.
하지만 이제 알겠어요.
우리가 휘두르는 창은 지푸라기일 뿐이라는 걸.
우리의 힘은 지푸라기처럼 약하고,

비할 데 없이 나약하다는 걸 말이에요.
우리는 실제로 한없이 약하면서도
아주 강한 척하는 겁니다.
다 부질없으니 자만심을 그만 내려놓으세요.
그리고 남편의 발아래 몸을 낮추세요.
저는 남편이 원한다면
순종의 표시로 몸을 낮출 준비가 됐어요.
그를 편안하게 해줄 수만 있다면 말이에요.

페트루키오

옳지, 그래야 내 아내지!
케이트, 이리 와서 키스해주시오.
(두 사람은 입을 맞춘다)

루첸티오

잘하셨어요. 형님이 이기셨어요.

빈첸티오

잘 들었소.
얌전한 아이들에게 들려주기 좋은 말이오.

루첸티오

하지만 고집쟁이 여자들에게 들려주면
귀가 따끔한 말이죠.

페트루키오

자 케이트, 우리는 잠자리에 듭시다.

우리 셋 다 짝을 만났는데 자네 둘은 고생 좀 하겠어.

(루첸티오에게) 과녁을 맞힌 건 자네지만,

내기는 내가 이겼네.

승자는 물러가니 잘들 쉬시게.

(페트루키오와 카타리나 퇴장한다)

호르텐시오

그래, 아주 장하군.

지독한 말괄량이를 길들였으니.

루첸티오

이렇게 말하기 미안하지만,

처형이 저렇게 길들여지다니 정말 기적입니다.

(모두 퇴장한다)

끝.

"문학이 들려주는 삶의 지혜와 즐거움"

RAINBOW PUBLIC BOOKS

Korean Translation Copyright © by *Rainbow Public Books*™

말괄량이 길들이기

발행일 초판 1쇄 2021년 4월 20일

발행인 박성범
지은이 윌리엄 셰익스피어
옮긴이 정유선
편집 강수진, 김호준
디자인 서은주
마케팅 이선영
발행처 레인보우 퍼블릭 북스
등록 제2021-000021호

주소 〔우06212〕 서울시 강남구 테헤란로 328, 4층
(역삼동, 동우빌딩)

전화 02-415-9798
팩스 0504-209-1941
이메일 submit@rpbooks.co.kr

ISBN 979-11-90978-10-1 (03840)